レジェンドノベルス
エクステンド
LEGEND NOVELS
EXTEND

異世界の名探偵 2

帰らずの地下迷宮

contents

ヴァン・ホームズ：主人公、転生者、シャーク国宮廷探偵団副団長補佐

キリオ・ラーフラ：シャーク国宮廷医師

ジン：冒険者、万能型

エニ：冒険者、炎術師

ウォッチ・ホウオウ：冒険者、槍遣い

ブラド：冒険者、大剣遣い

シロナ：冒険者、医術師

ヘンヤ：冒険者、セキウン流の剣士

モーラ：冒険者、ディガー

ハント・トレジャー：冒険者、ペース国貴族、ベントの息子

ベント・トレジャー：元冒険者、ペース国貴族、事業主

キジーツ：冒険者、探偵

レジェンドノベルス
エクステンド
LEGEND NOVELS
EXTEND

異世界の名探偵

2

帰らずの地下迷宮

プロローグ

「迷宮に必要なものは、迷路と宝、それからそこの主の化け物だな」

「悪いが全く同意できない」

「どうしてだよ？　その三つがなくても迷宮になるってのか？」

「もちろんだ、若い友よ。私が思うに、迷宮を迷宮たらしめる要素はただ一つだけ、それさえあれば迷宮になる。それは、そこで迷う人間だ」

——クァリブル・クァバッタ
『ミノタウロスの失敗』より

廃墟（はいきょ）のような場所だった。

砂、土、岩。それらに塗れて、壊れた石床がそこにあった。

顔をしかめながら、男が一人、その場所を歩いていた。

壊れた石床を見て、男はしかめ面をひどくした。

黒いブーツは砂に塗れて、纏(まと)ったマントは砂風になびいた。

「地下迷宮か」

呟(つぶや)いた男は壊れた石床に近づく。

近づくにつれて、その石床がただの石床ではないのが見てとれる。

砂と土と石の間から顔を覗(のぞ)かせている石床は、まるで刃のように平(たい)らで滑らかだ。転がっている石とは明らかに違う、完全な人工物だ。

暗く青い、金属のように硬質で水面のようにつるりとした石床は鏡の代わりにでもなりそうなくらいだ。

その石床に、大きくヒビが入ってしまっていた。それどころか、一部は崩れてしまっていた。

男はその崩れた部分へと近づいて、そこにできた割れ目へと顔を近づけた。

割れ目から覗くのは闇。その先には何もない。

「……ふっ」

しかめられていた表情から一変、破顔する男だが、その笑みはどこか乾いていた。

マントに包まれた身をその割れ目へと滑り込ませると、躊躇(ちゅうちょ)無く闇の中へと落ちていった。

だがそれほど闇は深くなかった。男は闇の中、すぐに着地した。

男が懐から取り出したのは、松明(たいまつ)だった。

松明に火がともされた。

「これは……」

男の口から呟きが漏れた。

火に照らされた内部は、土や石が割れ目から入り込んでひどい状況だった。

それだけでなく、男が入ってきた天井はもちろんのこと、壁も床も、いたるところにヒビが入り、崩れかけていた。

瓦礫(がれき)と土、砂、石。

まさしく廃墟としか言いようのないその有様(ありさま)に、男は眉をひそめていたが、

「……ふ」

やがて笑みが浮かぶ。

だが、決してそれは幸福だとかおかしさの発露としての笑みではない。

そこにあるのは、単純に言い表せば、ただの。

悪意だった。

1　募集

俺は飛び跳ねる。

ボロ布を纏ったゴブリンが粗末な弓から撃ち出す矢を、飛び跳ね、転げまわって避けている。

「このっ」

手を突き出し、ゴブリンの周辺の空気が一気に高温になるイメージをする。

「ぎゃがっ」

そしてゴブリンは燃え上がる。

俺がゴブリンを発火させる。

「ぎっ」

だが、ゴブリンは炎に包まれて怯(ひる)みはするものの、すぐに俺から距離をとって転げ回る。炎はすぐに消える。

本当に、戦闘向きじゃあないな、魔術ってのは。国でトップクラスと言われる俺でもこれか。

が、それでいい。今の一撃は怯ませ、ゴブリンの注意を逸(そ)らすためのもの。この程度で十分だ。

「焼き切れろ、青い炎の刃」

呟きと同時に、ゴブリンの体にきらきらとした粉が振りかけられる。

「ぐ？」

ゴブリンがそれを不思議に思ったのと、瞬間的に起こった高熱の青い炎がゴブリンの大半を丸焦げにするのが同時だ。

「いや、助かった。さすがだ、俺の炎とはわけが違う」

ゆっくりと倒れるゴブリンを尻目に、俺はそう言って手を叩（たた）く。

「やめてね、馬鹿にしてるの？　専門家でもないのに無詠唱であんな炎を出しといて」

膨れ面で俺を睨（にら）むのは、さっきの炎を出現させた張本人だ。

少女だ。

まだ幼い、俺よりも年下にしか見えない華奢（きゃしゃ）な体と童顔、尖（とが）った耳、そして炎のように真っ赤な髪。耐熱性能の高い黒狼（おおかみ）のレザー製のグローブ、ブーツ、ミニスカートにマントという黒一色の服装。

炎術師、エニ。

「いや、俺は器用貧乏って言葉を実感してるよ、エニ。お前みたいに何か得意な分野を持たないとやっていけないな」

「だから、あんた探偵なんでしょ？　事件を解決するのが得意分野なんじゃないの？」

見事に正論を言われて、俺は頭を掻く。

だが、魔術に関して、全体的にバランスよく学び実践してきたことを少し後悔しているのは本当だ。師匠であるマーリンのように研究に没頭して極めるならともかく、実務的には一つ得意な魔術を作っておき、それを応用する技術を身につけておくべきだった。

炎術師。炎の魔術に長け、それを極め、また油や爆薬などと組み合わせて炎を扱う技術を持つ、炎のスペシャリストだ。

エニはこれでも、幼い頃から得意な炎の魔術だけをずっと使い続けてきた、この国ではなかなかの知名度を誇る有名な炎術師らしい。

この国、というのは俺の国であるシャークではない。

今、俺は西のシャークではなく、北のペースにいる。国土で言えばシャークを上回る、というより四国で最も広い国土を有する国だ。

「ごほっ」

ゴブリンの焦げ臭い匂いが漂ってきて、俺は思わず咳き込む。

ここには窓がない。匂いが籠ってしまう。

「なっさけないわね、ちょっとだけ我慢しなさいよ。すぐ消えるから」

エニの言葉が終わらないうちに、黒焦げのゴブリンの姿が突如としてかき消えて、嘘のように匂いも消える。

「はあ」

ルールどおりにモンスターの死骸が消え去るのを見つつ、俺はため息をつく。

どうして、探偵の俺がこんなことをしなくちゃいけないんだ。年下っぽい炎術師には小言を言われ、モンスターと戦うために転げ回り、挙句にモンスターの燃える匂いまで我慢しなくちゃいけないのか。

俺たちがいるのは窓のない廊下。暗く青い石レンガで組まれた床と天井と壁に囲まれた、狭い廊下に俺たちはいた。

正確に言えば、石レンガ造りの古城、というか古城風のダンジョンに俺たちはいる。

どうして、ダンジョンに俺はエニという少女と一緒にいるのか。

話は、五日ほど前に遡る。

「ペースに？」

猫舌なのか、コーヒーをちびちびと舐めるように飲んでいたキリオ・ラーフラが目を丸くする。

シャークの王都、中心部にあるカフェテリアで、俺とキリオは小さなテーブルを挟んで向かい合ってコーヒーを飲んでいた。

キリオは淡い桃色のシャツに白いパンツ姿だ。相変わらずスカートは穿こうとしない。とはいえ、一時期の男装の麗人のような見た目からは大分変わった。黒髪も腰にかかるくらいには伸びたし、体つきも女性特有の柔らかさがある。

「どうして、ヴァンがペースに行くの？」

「ゲラルト団長の指示だよ。多分、その上に王族の方々の意向があると思うけど」

ゲラルト・マップ。俺の上司でありパンゲアの七探偵の一人。静かなゲラルトと呼ばれる、シャーク国宮廷探偵団の団長だ。

「ペースで、王族が殺されたりしたわけ？」

デートの話題としてはあまりに相応しくないが、探偵である俺がペースに行くように指示されたというのだから、キリオがそう考えるのも無理はない。

「いや、そういうことじゃないんだ。どうも、ペースで有力な貴族が何か催し物をするらしくてな、腕が立つ冒険者を集めているらしい」

「へえ、初めて知ったわ。ヴァン・ホームズは冒険者だったのね」

悪戯っぽくキリオが片頬だけで笑う。

「どういうことかわからないけど、探偵も募集しているらしい。ただし、腕の立つ、つまり戦闘力のある探偵を」

「なるほど。ヴァンはぴったりってことね」

自分で言うのも何だが、確かに俺ならぴったりな気がする。魔術についてはシャークでもトップクラスの自信がある。もっとも、魔術の腕イコール戦闘力となるほど単純な話ではないが。

「けどさ、それをヴァンが自分から志願するならともかく、どうして指示をされるわけ？」

キリオの疑問はもっともで、俺も不思議に思ってゲラルトに聞いてみた。

「どうも、俺の扱いに困ってるというのがその理由らしいな」

そのときのゲラルトの答えを思い出しながら俺はコーヒーを啜（すす）る。苦い。

俺はとある事情から王族と教会、さらにはゲラルトの後押しを受けて、華々しく探偵デビューすることになった。おかげでいきなり宮廷探偵団の副団長という立場だし、知名度も高い。名前は他国まで知れ渡り、実績がないうちにパンゲアの七探偵の一人とまで言われるようになった。

その弊害だ。

「役付きになったから、どっちかというと俺は部下に指示を出す立場なんだよ。自分が事件に関わっていって解決するってよりかはな。けど、何の実績も無い俺みたいな若造に指示されたら、やっぱり皆気分悪いだろ。だから、ほとんど指示を出さずにいるわけ」

「え？　ゲラルトさんだって副団長のときに、あの事件に一人で乗り込んでこなかったっけ？」

「あの事件は秘密裏に解決する必要があった。ゲラルト団長は王族から信頼があったし実績もあったから、あの事件の解決には適任だと判断されて呼ばれたわけ。逆に言うと、普通の事件で役付きがいちいち先頭に立って捜査や推理なんてしないんだよ」

つまり、俺が実績を積む方法がないのだ。

「結局、俺を後押ししてくれた人たちは権力は抜群にあっても浮き世離れしているからさ、俺を引き上げればいいと思ってこういう問題を全然考慮してなかったみたいなんだよね」

まあ、王族に年下の上司と年上でキャリアも上の部下の関係が生み出すストレスなんてわかるわけもないか。

「ご愁傷様」

おどけたようにキリオが手を合わせる。

「とはいえ、俺を旗印に犯罪捜査の改革をするつもりだっただろ。個人的、感覚的な捜査から普遍的、論理的な捜査へ。だから、俺には頑張ってもらわないとその人たちは困るわけだ」

「それで、ペース？」

「他の国のことだから特殊任務ってことで俺が一人で乗り込むのも言い訳ができるし、そこで実績を作ることができる。ペースに俺の存在をアピールすることもできるし、今話題のヴァン・ホームズを参加させるってことでそのペースの有力貴族、トレジャー家にも貸しを作ることができる」

「今話題とか自分で言う？」

「仕方ないだろ、そういう筋書きだってゲラルト団長に説明されたんだから」

自分でも若干恥ずかしくなり、俺は顔が熱くなるのを感じて、誤魔化すように一気にコーヒーを呷(あお)る。

小心者なのだ。

「そういうわけで、しばらく俺はペースに行くことになるから」

「あたしを置いて？」

驚くキリオを見て、俺も驚く。

「え、どうやってお前を連れていくんだよ。お前だって仕事あるだろ」

「うん、まあ、そうだけどさ」

詰まらなそうにキリオは口を尖らせる。途端に子どもっぽい顔になる。

「そう拗(す)ねるな。ゲラルト団長からも、まずはどんな話なのかはっきりしないから、それを確認するだけでもいいって言われてるんだ。やれそうならやって実績を積んでおけ、とは念を押されたけどな」

この世界に転生する前、冴(さ)えない探偵だった頃には光の当たらない端役であることに嫌気が差していたものだが、分不相応にスポットライトを当てられてもやはり苦労するだけみたいだ、と最近気づいた。

「じゃあ……約束して？」

不意に真顔になったキリオが、そう言う。

「約束？」

「うん、ペースに行っても浮気しないって」

「浮気って、そもそもお前」

正式に付き合ってるわけでもない。とはいえキリオが嫌いなわけでもない。ここで、今更ではあるがこちらから告白しようかと思ったところで、

「浮気したら、わかってるわよね」

にこり、と可憐な顔に見ただけで背筋を凍りつかせるような笑みを浮かべたので、

「あ、はは」

と曖昧に笑って告白については延期ということにする。

馬車に二日間揺られてついたのは、野原の真ん中にそびえ立つ、巨大な屋敷だった。

が、屋敷というと豪華絢爛なイメージがあるが、どちらかと言えばそれは木造の単純な作りの、いわば山小屋がそのまま巨大化したような屋敷だ。

他の三国に比べると寒冷な気候であるとはいえ、やはりペースでも初夏の昼間に日差しを浴びていれば汗は吹き出る。

俺は屋敷の前に立ち、汗を拭いながら、早くも自分の格好を後悔し始めていた。慣れ親しんだ麻の上下だけでなく、やはり他国の有力貴族に会うのだからと、宮廷探偵研修終了記念にもらった白絹のローブを羽織っていた。とんでもなく暑い。

この屋敷を見る限り、どうもトレジャー家というのは格好にそこまでこだわっていない貴族らしい。まったく、そうと知っていれば絶対にこのローブは持ってこなかったのに。

舌打ち混じりに俺は屋敷に入った。

内部も外観と同じ、シンプルなものだった。頑丈そうな、木で組まれただけで何の装飾品も存在しない広間が入ってすぐに目に入り、そこには既に大勢の人間が集まっていた。

巨大な剣を持つ巨漢。赤い目をした、耳の尖ったエルフの特徴を持つ弓使い。長いひげを蓄えた、筋骨隆々とした小男はドワーフの血が強いのだろうか。服も肌も髪も真っ白な少女。そして、大きな体を鎧(よろい)で覆っている、ひげ面に傲慢さを漲(みなぎ)らせた戦士。

「ん?」

その最後の傲慢な表情に見覚えがある気がして、顔を確認しようと近づいた。

「おお」

そして、先に向こうから声をかけられた。

「ヴァンじゃねえか。探偵も募集してるとは聞いてたが、お前も来るか。七探偵の一人、『革命家ヴァン』が」

声とこちらを見たときのふてぶてしい表情で俺も完全に思い出した。

「ジンさん」

ジンだ。シャークにおいて、教会の汚れ仕事専門の聖騎士だった男。

あの後、冒険者になったというか、戻ったとは聞いていたけど、まさかここで会うとは。

そしてジンが余計なことを言ったおかげで、周囲の目が驚きに見開かれ、視線が俺に集中した。

本当に余計なことを。ネームバリューだけはあるんだから、できるだけ目立たないようにしようと思っていたのに。

「ジンさんもこれに参加ですか」

これ以上注目を集めないうちに、俺はそそくさとジンに近づいた。

「報酬もよさそうだし、何よりトレジャー家が本気で腕の立つ冒険者を集めているみたいでな。だったら、俺が来ないわけにはいかないだろう」

ひげ面に他人を見下したような笑いを浮かべるジンは、調べた限り確かに優秀な冒険者らしかった。

元々、聖騎士になる以前から冒険者として、いくつものダンジョンを巡っており、どんな状況にも即座に対応できる、万能の冒険者として有名だったと後から知った。

「腕の立つ探偵も募集しているとは聞いていたけど、お前で二人目だな。さすがに探偵はこういう仕事は敬遠するものらしいぜ」

「二人目？」

少なからず驚いた。

明らかに荒事と予想されるこの話に乗る探偵が、つまり冒険者に交じって危険な仕事をする探偵が俺以外にもいるとは。事件の解決という本分からはまったく外れたこんな仕事、まともな探偵が受けるはずもないと思っていた。

「おら、あそこだ」

ジンは顎をしゃくった。

その先には、異彩を放つ男が一人、目を閉じて佇(たたず)んでいた。

体の線の細い若い男らしいが、確実なことはわからない。何せ、全身に色鮮やかな羽飾りをびっしりとつけているのだから。体はもちろん、髪、果ては顔の半分までが羽飾りで隠れていた。

「な、何、あの人？」

「あ？　知らねぇのか、『皆殺しキジーツ』を。『荒野のジャンゴ』の弟子の中で、一番イカれてるって評判の探偵だよ」

「ああ、あれが」

それを聞いて、俺は思い当たった。

そう言えば、羽飾りで全身を飾り付けた男の話を聞いたことがあった。

荒野のジャンゴ。

パンゲアの七探偵の中で唯一の私立探偵だ。

探偵が公務員のような立場であるこの世界で私立探偵は多くない。

大抵はそれぞれの国に所属する探偵が事件を捜査するから、私立探偵に話が回ってくる事件というのは、二国間にまたがる微妙な政治問題付きの事件や、ダンジョンの奥深くでの冒険者同士のいざこざからの殺人事件といった危険極まりないものなどがほとんどだ。

それを、国からのバックアップを受けずに解決しなければならない。

いくら自由に高額の報酬を要求することができるとしても、割に合わない。

そんな中、超高額な報酬と引き換えに、どんな事件でも引き受けて解決してきたことで名を上げたのがジャンゴだ。

ただし、その捜査方法はかなり荒っぽいらしく、関係者をほとんど皆殺しにすることも珍しくないと言われている。

ジャンゴの通った後には、道すら残らないというところから、ついた二つ名が荒野。

その荒野のジャンゴは、私立探偵であり国のバックアップを受けられないため、常に数人の部下を雇って捜査している。

その部下のうち数人は、経験を積んでそれぞれ私立探偵として独立していて、それがジャンゴの弟子と呼ばれる連中だ。

弟子は今のところ『殺戮（さつりく）』『無手』『皆殺し』の三人で、そのうち一番危険と噂（うわさ）されているのが『皆殺し』のキジーツだ。

一番ジャンゴに近い探偵とも言われている。

「なるほど、私立探偵か。考えてなかったな」

私立探偵は俺の大好きなミステリではメジャーな存在だが、こちらの世界ではマイナーもマイナーなので無意識のうちに選択肢から除外していた。

「つうより、トレジャーは私立探偵を呼ぶつもりで探偵も募集してたんだろ。普通、国に雇われた探偵がこんな募集に応募するとは思わんだろ」

馬鹿にしきったジンの態度はムカつくが、発言内容はもっともだ。

「おっ、始まるぜ」

ジンの言葉に広間の中央に顔を向けると、そこには恰幅（かっぷく）のいい中年の紳士と、すらりとした長身の青年が現れたところだった。

中年の紳士は量の少ない髪を綺麗(きれい)に撫(な)で付(つ)けてはいるものの、服は無地の麻かテキト布製のシャツとズボンといった地味なものだ。

服装だけ見るのなら、この屋敷の庭師か使用人でもおかしくない。

だがそのぎらぎらと輝くどんぐり眼に代表される精力的な顔立ちが、自分は特別な存在であると常に主張している。

紳士とは対照的に細身の体の青年は、涼しげな目鼻立ちや立ち振る舞いに品があり、服装もそこまで目立つものではないながらも絹の生地と銀細工が使われた上等なものだ。紳士の邪魔にならないように、存在感を消すために意識と金を割いているような青年だった。

「ようこそ、諸君」

低いバリトンの声が広間に響いた。

オペラ歌手のように、両手を広げて紳士は喋(しゃべ)り出した。

「私がベント・トレジャー。君たちを呼んだ者だ。これだけの人数が集まってくれて嬉(うれ)しく思う。まずはそのことに礼を言いたい」

芝居気たっぷりにベントは全員の顔を見回した。

「貴族の中には、君たち冒険者のことを見下す輩(やから)も存在するらしいが、私は違う。トレジャー家は元々冒険者から貴族になった家であるし、私の息子、ハントも冒険者として生計を立てている」

その言葉に応じるように、横にいた青年が軽く会釈をした。

あの男が息子のハント・トレジャーか。

「私は冒険者が好きだ。冒険者とは危険を恐れない開拓者であり、人の世に神の息吹をもたらす伝達者だ」

ベントが語った内容はそこまで的外れなわけではない。

冒険者とは、この世界で狭義で言えばダンジョンに潜る者のことだ。ダンジョンに潜り、中で手に入れたアイテムを持ち帰って生計を立てる職業こそが冒険者。

「さて、ダンジョンとは聖遺物だ。この意味がわかるかな？」

「えっ、あたしっ⁉　えっと、その」

いきなりベントに指差された赤い髪の少女が慌てながらも、

「言葉のまま、聖遺物で構成されてる場所ってことじゃないの、じゃなかった、ないんですか？」

「うむ」

満足そうにベントが頷（うなず）いた。

「そのとおりだ。聖遺物とは、神がこの世に残された奇跡の物質化。我々の技術では解き明かすことができないアイテム。非常に貴重で、現在発見された聖遺物は全ていずれかの国によって厳密に管理されている。そして、ダンジョンとはパンゲアに最も多く存在する聖遺物。ダンジョンを構成する建材は人の手では半年かけてもかすり傷をつけるので精一杯。一方通行の壁に、無限に湧くモンスターとアイテム。精霊暦以前から人が研究し続けて、未だに謎に満ちている場所。それがダンジョンだ」

こう語っているベント・トレジャー自身が、ダンジョンと深い関わりがあることくらいは俺も予習していた。

彼が語ったように、トレジャー家は、ある冒険者が未発見のダンジョンを見つけ、ペース国王に報告し、その褒美として貴族となったところから始まる。

だが、ただの弱小貴族だったトレジャー家をペースでも有数の有力貴族にまで押し上げたのは現当主、つまりベントだった。

ベントは若い頃から、多くの貴族が下賤だと見下していた冒険者たちと親交を結び、冒険者相手にダンジョン探索に必要なアイテムを売り、そして彼らからダンジョンで手に入れたアイテムを買い付けるという商売で財を成した。

そしてそれを元手に、ダンジョンの管理権を購入する、あるいは冒険者相手の金貸しをするなど、ダンジョンと冒険者に関連した商売を次々と行い、巨万の富を得た。ペースにおけるダンジョンに関係する全てを牛耳る立場も手に入れた。

それがこの男、ベント・トレジャーなのだ。

「ダンジョンは危険だけでなくあらゆる幸福を我々に与えてくれる場所だ。それを知っているからこそ、諸君は冒険者としてここに立っているものと信じている」

言葉を切り、ベントは一度目を閉じてから、そのぎらぎらと野心に光る目を見開いた。

「つまり、これから君たちにしてもらう仕事は単なる仕事ではない。ダンジョンから、世界に新たなる幸福をもたらす崇高なミッションだと思ってもらいたい。そして、ただの仕事ではなく崇高なミッションだとすれば、それに参加するには、当然に資格がいる。栄光の場に立つためには、資格が必要なのだ」

「つまり、何だ？」

痺れを切らしたらしいジンが先を促した。

ありえない非礼ではあるがベントは気にする様子もなく、

「ふむ、つまり何かと聞かれれば、一言で言えばこうだ」

頬の肉を震わせ、体を少しのけぞらせながらベントは国中に響くような大声で言った。

「予選だ。君たちには予選を受けてもらう」

翌日に予選を行うということで、その場は解散ということになった。

ぶつくさ文句を言う冒険者は多かったが、交通費とその日の宿泊代、夕食代もベントが持つとわかったら全員喜々として屋敷を去っていった。

おそらく普段は泊まれないようなホテルに泊まり、食べられないような夕食を食べるつもりなのだろう。

こういう場合、俺みたいな公務員的な立場の人間は損だ。ここぞとばかりに贅沢(ぜいたく)するようなマネをすると、シャークの評判が悪くなる。

ということで、俺は近場にある小さな宿屋に泊まることにした。二階に数部屋の客室が、一階にちょっとした食堂がある本当に小さな宿屋だ。

「おっ」

日雇いの労働者で賑(にぎ)わうその食堂で、俺は赤い髪をした少女を見つけた。

トレジャー家で、ベントに話を振られて慌てながらも答えていた少女だ。

目が合った。

「ヴァン・ホームズ？」

いきなり名前を尋ねられて、

「うん、まあ」

曖昧に頷きながら俺は少女の向かいに座った。

「エニ。炎術師」

短く少女が自己紹介をしてきた。

これが、俺とエニの出会いだった。

「もっといい宿屋に泊まればいいのに」

当たり障りの無いところを喋ろうと、とりあえず俺はそこに触れてみた。

「いやよ。予選でしょ、だって」

「ん？」

意味がわからない。

「明日予選があるってことは、あたしたちはライバルなわけ。同じとこに泊まったら何が起こるかわからないでしょ、毒盛られたりとか」

「げえっ」

思ってもみなかった指摘に、俺は変な声を出してしまった。

「性格悪いな。普通、そんなこと考えるか？」

「あのねえ、冒険者っていうのは、基本的に性格悪いし汚いのよ。あんたみたいな上品な探偵様にはわからないかもしれないけど」

「あ、確かに、そういえばそうかもな」

ジンの顔がはっきりと思い浮かんだ。

「まあ、皆、それを承知で高い宿と高い夕食をとることにしたんでしょうね。冒険者同士の足の引っ張り合いも、自分なら勝って抜け出せると信じて。冒険者なんて自信過剰な奴が多いから」

「それもわかる」

またジンの顔が浮かんだ。

「自信過剰なくらいじゃないと、ダンジョンに潜るなんて命知らずなことできないよね」

いやに冷めた調子で言うので、

「君、ええっと、エニは違うのか？」

「あたし？　あたしは自信なんてないわね。ダンジョン潜るときは、常に死ぬかもしれないと思いながら潜ってるわ」

「なら、冒険者を辞めたらいいのに」

そこで料理が運ばれてきた。

肉と野菜を香辛料で煮込んだものと、固い丸パン。

「そういうわけにもいかないのよ。冒険者にはね、二つのタイプがあるの。一つは、さっき言った自信家タイプ」

エニはパンを割って煮込みに浸した。

「もう一つは、ダンジョンに取り憑かれたタイプ。あたしはこっち」

「憑かれたのか、ダンジョンに？」

「うん、もう、寝ても覚めてもダンジョンに潜ることしか考えられない。こんな新しい方法を試したらモンスターを倒せるだろうかとか、あのダンジョンを最深部まで潜るにはどうすればいいだろうかとか、一日中そんなことばっかり考えてるの」

病気ね、とエニは付け加えてからパンを口に放り込んだ。

「そんなにいいものなの？」

「やってみたらわかるわ。伝説の冒険者みたいに、聖遺物を持ち帰れるんじゃないかって期待、常に命の危険と隣り合わせの緊張感、モンスターを倒してアイテムを手に入れたときの高揚、最深部まで辿り着いた達成感、そして生きて地上に戻ったときの解放感。全てが最高よ」

「そ、そうか」

うっとりとした顔をして語るエニに、ちょっと引く。

「そういえば、ヴァンはダンジョンは潜ったことがないの？」

「ない。探偵だからな」

探偵はダンジョンに潜るような職業じゃあない。

「けど、今回の仕事に参加するために、一応は色々と調べてはきている」

　それに、調べ始めたら思いの外面白くて熱中してしまった。

「へえ、それじゃあ、あたしにちょっと教えてみなさいよ」

「何で？」

　理由がない。お互いに。

「あんた、予選を勝ち抜く自信ある？」

「ない」

　断言した。

　冒険者に交じって、ダンジョンに対する付け焼き刃の知識しかない俺が予選を勝ち抜けるとは思えない。

「協力しましょうよ。あんたなら、冒険者相手と違って裏切る心配なさそうだから、いいわ」

「俺と？　俺と協力してそっちにメリットあるか？」

　自分で言うのもなんだが、ダンジョン関連でそこまで自分が役に立つとは思えない。

「あのマーリンの一番弟子とも言われる魔術の使い手で七探偵の一人のくせに、そんな謙遜は気持ち悪いわよ、やめて」

　エニが顔をしかめた。

「悪かったな。けど、ダンジョンについては素人なんだぞ？」

「だから、どの程度予習してるのかを、ここで確かめてあげるって言ってるのよ」

上から目線がむかつくが、協力してもらえるならそれに越したことはない。

俺はこの仕事に向けて仕入れた知識を披露することにした。

ダンジョン。

精霊暦成立以前からこの世界に存在したとされる、聖遺物によって構成された建造物。

ダンジョンを潜る、という言い方をするところからもわかるように、大抵は入り口が地表にあり、そこから地下へと潜っていくことになる。

聖遺物が全てそうであるように、ダンジョンも各国が全力で研究をしているにも拘わらず、その仕組み、実態についてはほとんど謎に包まれている。

無限に出現するモンスターとアイテム。どのダンジョンにどのモンスターが出るのかは固定されており、深く潜れば潜るほど出現するモンスターは手強くなっていく。モンスターは何故かダンジョンから外に出て暴れるということはない。ダンジョン内部の侵入者を襲うだけだ。

ダンジョンによって当然ながら難易度は変わり、そして同じダンジョンでも深く潜れば潜るほど難易度が上がる。難易度が高ければ高いほど、手に入るアイテムは貴重なものになる。

そんなわけで、遥か昔、それこそ精霊暦以前から冒険者という、ダンジョンに潜って生計を立てる職業は存在していた。幸運と実力を併せ持つ一握りの冒険者は、ダンジョンの奥底から聖遺物を持ち帰り、莫大な富と名誉を手に入れた。

そうやって持ち帰られた聖遺物は絶大な力を持ち、聖遺物をいくつ所有しているかが国力の差としても現れるほどだった。

聖遺物でなくとも、難易度の高いダンジョンの奥深くではかなり貴重なアイテムが手に入り、高値で取引されている。またダンジョンに潜るために冒険者が装備を整えたり消耗品を揃えるのでもなかなかの金が動く。

ベントがやったように、それを利用すれば巨万の富を生み出すことができるし、ただダンジョンのある土地を所有して、冒険者からダンジョンへの入場代をとるだけでも結構な利益を出すことができる。

荒地と肥沃な地では、同じ広さでも当然ながら価値が異なるが、その土地にいくつダンジョンがあるかも土地の価値を決める重要な要素だ。トレジャー家などは金にあかせて土地を手に入れたが、もっと広大で発展した土地を手に入れられるだけの金を使って、狭い荒地を手に入れた。その理由は簡単で、そこに人気のあるダンジョンがあったからだ。そして、そのダンジョンの管理と冒険者相手の商売で、土地を手に入れるのにかかった金をあっという間に取り戻している。あのベント・トレジャーという男はダンジョンに関係する金稼ぎについては天才的と言わざるを得ない。

「とりあえずこんなとこかな」

俺が語り終えると、エニは眉間に皺（しわ）を寄せて、

「んー、どうも、本で軽く齧（かじ）っただけの、薄っぺらな知識っぽいわね」

「いや、実際に本で軽く齧っただけの薄っぺらな知識だから。俺、探偵だし」

「まー熱意は感じられるし、合格点ってことにしときましょうか」

少女はえへんと無い胸を張った。

「そりゃありがたい。これで、俺とエニで協力して明日の予選は進めるわけだ」

「そういうこと。裏切らないでよ」

ジト目で睨まれるが、俺が裏切るメリットはない。本番の仕事でも、エニのような協力者は絶対不可欠だからだ。ダンジョンについては素人中の素人なんだから。

むしろエニに裏切られることを俺としては心配すべきだよな。冷静に考えて。

だが、そう考えはするものの、本気でエニを警戒する気にはなれなかった。

その理由にすぐに思い当たって、俺は自嘲の笑みにしては少し苦すぎる表情を浮かべてしまった。

「ちょっと、どうかした？」

笑っているような苦しんでいるような俺を見て、エニが不審がる。

「いや、なんでもない。俺が裏切ることは、別に心配しなくていいよ。小心者なんだ」

本当は、少し違った。

もっと単純な話で、心が弱いから一度仲間になったら、その相手を裏切ることなんて考えたくないし、逆に疑いたくもない。

どこかの誰かさんが傷をつけたから、そこが治りきっていないのだろう。厄介なことだ。

「小心者ねぇ」

疑わしげなエニに、

「だから、無条件で信頼させてくれ」

真剣に俺が頼んで見つめると、エニはぽかんと数秒呆(あき)れた後で、

「あ、あのね、さっき会ったばっかりの人間を無条件で信頼してどうするのよ。冒険者だったら命取りだし、探偵だってまずいでしょ、それ」

「そうだな」

そこで俺はふっと笑ってしまった。

「何がおかしいのよ」

「いや、本当にお前が信頼できないような奴だったら、多分そんな忠告はしないだろうと思ってな。わかった自分を信じろ、の一言で終わりだろ」

「う」

言葉に詰まり、エニは顔をしかめた。

「今ので確信できた。お前は信頼できる」

「だからって、あたしはあんたを信頼したりしないわよ」

「ああ。別にいいよ。俺が一方的に、エニを信頼したいだけだ。仲間として」

目を見つめたままそう言うと、何故かエニはぷいと顔を逸らした。頬が少し赤かった。

「ば、ばっかじゃないの、いきなり仲間だなんて」

「え、違うのか？」

「違わないけどさ、ああ、もう、調子狂うなあ。冒険者だと、あんたみたいな奴いないから、もうっ」

何に苛ついているのか、エニはぶんぶんと頭を振って、

「わかった、信頼していいわよ、仲間だもんね」

自棄になったように、そっぽを向いたままそう言った。

2　予選

翌日、俺たちが案内されたのは屋敷から馬車で二時間程度の場所にある、石造りの古城だった。

トレジャー家の領地の端にあるこの古城のことは有名だった。地下に潜るタイプじゃないダンジョンは珍しいからだ。

そう、実際の話、それは遠目からは森の中にある古びた城にしか見えない。だが、馬車が近づくにつれて少しずつその城の奇妙な点が目につくようになった。

古びているのにその城はどこも欠けず風化せずひびすら入っておらず、そして何よりも正面についている扉以外に一切の出入り口がない。

ダンジョンの特徴そのものだ。入り口が一つで、決して破壊できない外壁で囲まれた領域。

やがて馬車が古城の前に着くと、参加者は全員ベントの前に集められた。

「さて、諸君も冒険者なら知っているだろうが、ここは『石の古城』と呼ばれる、数少ない城型のダンジョンの一つだ。ここで予選を行う」

参加者が揃うなり、一秒でも無駄にしたくないとばかりにベントが言い出した。

相変わらずの腹から出している大声に、背中にある古城も震えているように見えた。

「予選の内容は簡単だ。いいか、先着順だ。このダンジョンの最深部に、私の息子を待機させておる。そこに到達したものを先着順で予選合格とする。ここで、先着何名までを合格とするかは発表せん。残り人数が少なくなって、焦って参加者同士で殺し合いでもされてはかなわんからな」

ぎろりと、剣呑(けんのん)な光を宿した目でベントが参加者たちを睨み回した。

「いいな、私が欲しいのは優秀な人間。この予選で殺し合いをする奴など私の欲しい人間ではない。肝に銘じておけ」

「質問だ」

和服のような藍色の服を着た男が静かに口を開いた。

見た目からして、二十代後半から三十代前半、いや、四十代にも見えた。あるいは、もっと若いのかもしれなかった。

あの服装、あれはイスウのものだ。

イスウでは、いわゆる着流しが伝統的な衣装だ。最初に資料を見たときは、前の世界の和服そのものだったので驚いたものだった。

藍色の着流しと、それよりも少しだけ淡い藍の帯を腰に巻いただけの姿のその男は、ぼさぼさの黒髪を無造作に紐(ひも)で巻いて束ね、それを肩に垂らしていた。

肌は青白くキツネ顔で、体格は小柄で痩せているが、着流しの袖から先の腕、特に指は異様な太さだった。

静かな口調とは裏腹に、その男の目は猜疑心に満ちて油断なく常に動き、鼻と口のあたりには傲慢さが見え隠れしていた。声も、どことなく人を馬鹿にしたような響きがあった。

「石の古城は、中級者向けのダンジョン。熟練した冒険者ならば、一人でも十分に最深部に辿り着くことができる。このダンジョンで先着順になると、単なる駆けっこになるんじゃないか？」

この古城は城の形をしているという意味で珍しくはあるが、逆に言えばそれだけのダンジョンだ。難易度も高くなく、珍しいアイテムが発見されたということもない。

もう冒険者に隅々まで調べ尽くされ、新しい発見なんてありえないダンジョンだ。

「ダンジョンの最深部まで行くのが単なる駆けっこか。ふふふ、なるほど、頼もしい」

腹を揺らしてベントは笑い、

「確かに、諸君のような優秀な人間にはこのダンジョンなど障害ですらないかもしれん。だから、このダンジョンを踏破するのに、一つ条件を付けたい」

笑みを消すと、ベントは猪のように獰猛な表情になった。

「帰還石の使用を禁ずる。帰還石を使った時点で失格だ」

その宣言に、質問した着流しの男はもちろん、全員が息を飲んだ。

なるほど、と俺は素直に感心した。

先着順プラス帰還石の禁止とは、うまいことを考えたものだ。

帰還石とは、ダンジョンの入り口付近に必ず設置されている聖遺物だ。

見た目としては、床がそのままなだらかに盛り上がってできている台座に、人間の頭大の丸いクリスタルが載っているのだ。そのクリスタルは吸い付いているように台座から動くことはなく、剣を叩きつけても魔術で爆発させても傷一つできることはない。

帰還石の役割はごく単純な、しかし重要なものだ。

その石に手を触れて『同期』すると、そのダンジョンにいる限り、帰還石の場所まで瞬時に戻ることができる。つまり、入り口付近まで帰還できるわけだ。帰還するには、ただそれをイメージすればいい。帰還、とかリターン、とか口に出してもいい。要するに、魔術と同じだ。

命の危険が差し迫ったときに瞬時に入り口付近に戻れることによって冒険者が命を落とす危険は大幅に減っているわけだ。

さらに、帰還石があることによる安心感も馬鹿にできない。ダンジョンの中での一挙一動には命がかかっている。そんな中で、何の保証もなければ恐怖と不安でがんじがらめになって身動きがとれなくなるかもしれない。だが、いざとなれば戻れる、という保証が、人を動かす。冒険者が勇敢にもダンジョンを攻略していくのは、帰還石があるからこそでもあるのだ。

その帰還石を使用すれば失格とすると、いくら先着順とはいえ危ない橋を渡ってまで早く先に進もうとする手が使えない。一回勝負だ。自然と慎重になる。

慎重に、自分の実力だけを頼りに中級のダンジョンを先を急いで攻略していかなければならない。なるほど、これは確かに冒険者の実力を計るにはなかなか悪くない試験だ。

「もちろん、命の危険に晒されたときには自己判断で帰還石を使用してもらわなければいけないから、同期だけはしておくように。それでは、開始だ。今、ここから」

唐突にベントが言って、参加者たちはしん、と静まり返って戸惑った。

だがそれは一瞬。

次の瞬間には、怒号と共に冒険者たちが城の扉に殺到した。

「うわあああ、凄いな」

半分呆れてその場に突っ立っていると、ほとんどの冒険者が城の中に入っていってから、エニがひょこひょこと近づいてきた。

「なあにぼーっとしてるのよ」

「いや、一緒に突撃する気にはなれなくて」

「ま、それは同意だけどね。大体、ここで一分一秒を争ったってそんなに意味ないし。ダンジョンなんて、長かったら一ヵ月単位でキャンプを張りながら攻略するものだしね。今回は中級だし競争ってことを考えたら、リミットとしては一週間以内、いや、三日か四日かなあ」

「マジ？　俺、一応半月くらい分の食糧とかも持ってきたんだけど」

背負ったリュックには食糧と寝袋、その他消耗品がいくつも詰まっていた。

「意味ないわね。というか、熟練の冒険者ほど持ち込むものは最小限にするものよ」

エニが言うように、誰も俺のような大荷物を持っている者はいなかった。

「そういうものか？」

「ま、それは帰還石でいつでも戻れるって前提があってのことだろうけど。今回、違うっていうのにそこらへんの感覚のずれに気づかずに突撃していく参加者が多いわね。ひょっとしたら、案外あんた一人でも予選勝ちぬけたかも。臆病者が勝ち残るのが冒険者の鉄則だから」

「へえ、じゃあ、協力関係解消する？」

冗談のつもりで俺が言うと、

「あら、べっつに構わないわよ」

完全にエニが拗ねた顔になった。

「嘘だよ嘘」

「くだらないこと言ってないで、行くわよ」

「だな」

俺たち二人は連れ立って、ようやく城に向かって踏み出した。

まだ参加者がひっきりなしに通っているために開けっ放しになっている扉から、その奥が見えた。

「あれ？」

見ると、誰もが帰還石には触れることなく、奥へ奥へと進んでいた。

「皆、この程度のダンジョンでは帰還石なんて絶対に使わないって意思表示かな、すげえな、雇い主の指示でも逆らうとは。自信と反骨が半端じゃないな」

「探偵なのに馬鹿なの？　ほとんどの参加者がこのダンジョンを攻略したことがあるから、もう同期済みってだけでしょ。あたしだってそうだし」

「あっ、そっか。でも、誰も触ってないのに俺だけ触るのも臆病っぽくてやだな」

「げっ、何の見栄よ、それ。だっさい」

「ださい？」

「超ださい。危険なのが格好いいと思ってるわけでしょ」

「確かにそう考えると超ださいな」

同意して、俺はちゃんと同期した後、エニと一緒に石の古城に挑みかかった。

そして、冒頭に戻る。

石の古城二日目。


ダンジョンには必ず数ヵ所存在する、モンスターの出てこない広間、冒険者にはキャンプと呼ばれている広間で一夜を明かした後、俺とエニはモンスターを倒しながらひたすら突き進んでいた。

俺が大量にアイテムを買い込んでいるのでそれなりに大胆に行動できることもあって、俺たち二人は結構な数の冒険者を追い抜いていた。

「結構いけそうだな」

「気を緩めたら死ぬわよ」

エニに釘（くぎ）を刺され、首をすくめる。

「にしても、迷ってるらしい参加者が結構いるな」

それが意外だった。

外観は古城といってもダンジョンなだけに、中は迷路のように込み入っていて、おまけに罠（わな）や仕掛けが満載だ。

特に驚いたのは一方通行の壁だった。話には聞いていたが、実際に見るのは初めてで、それは見た目はガラスの壁のように見える。向こうの景色が透けて見えるし、声だって聞こえる。そして、その壁は通り抜けることができるのだ。だが、一度通り抜けた後で振り返れば、そこには普通の壁があるだけ。戻ることはできない。一方通行なのだ。この一方通行の壁はダンジョンの基本的な仕掛けの一つで、これによってダンジョンの迷路は複雑になっているらしい。

が、とは言っても、このダンジョンは参加者のほとんどが攻略済みのはずだ。

今更迷ってうろうろしているらしい冒険者が多いことに違和感がある。

「攻略したときとは違うルートを通ってるからでしょ」

軽快な足取りのエニが答える。

「違うルート？」

ダンジョンの攻略ルートは一つでないことが多い。このダンジョンに複数のルートがあっても別におかしくはないが。

「どうしていつものルートとは違うルートで進むわけ？」

「だって条件が違うじゃない。急がないといけないし、帰還石使えないし。急いだり、遠回りだけど安全なルート行ったり。馬鹿よね、ほんと。どんな状況だろうと自分の信頼できる道を進むっていうのは鉄則なのに。無意識のうちにこのダンジョンを舐めてたのね、きっと」

そう言うエニは以前攻略したルートを堅実に進んでいるらしく、さっきからエニの案内のとおりに俺たちは進んでいる。

「おっ」

先に小部屋がある。が、その小部屋には先客がいる。

たくましい体をした、ひげを生やした男だ。赤く染めたらしい革の鎧に、長い髪もひげも真っ黒で、オーガの血が反映されているのか肌は浅黒く、牙らしきものもある。

男は十数匹のモンスターに囲まれている。ゴブリンにスライム、そして狼。どれも中級程度のモンスターだが、あの数に一人で囲まれたら命の危険がある。というより、俺だったら絶体絶命のピンチだ。

だが、俺もエニもその男に助太刀しようという気にはなれない。

別にライバルだから、というわけではなく、少なくとも俺はその男の迫力に圧倒されているからだ。

男はモンスターに囲まれた状況ながらも牙をむき出しにして獰猛に笑い、そして両手で剣を担ぎ上げている。

並大抵の剣ではない。長さも幅も俺以上にある、大剣だ。俺だったら身体強化を限界までしても持ち上げることもできなそうなそれをしっかりと握り締め、男は笑っている。

「ぎっ」

睨み合いに痺れを切らしたのか、ナイフを持ったゴブリンが男に迫る。

次の瞬間、ゴブリンの上半身が消失し、小部屋に入ってもいない俺のところにまで剣風が届く。

男が、あの巨大な剣を一瞬で振り回したのだ。

「ぐがっ」

それを皮切りにモンスターが全方向から男に襲いかかる。

それを、

「ははっ」

笑い、男は台風の如(ごと)く剣を振り回す。モンスターが斬り飛ばされていく。

「はっははははっ」

男の背中には、剣よりも巨大な、男の体がすっぽりと入るくらいの大きさの金属製の箱が背負われていた。まるで鋼鉄の棺(ひつぎ)だ。

あんなものを背負っている限り、背後からの攻撃など通じるわけがない。そして、背後以外にいるモンスターは、一瞬のうちに細切れにされていく。

「はっはあ」

斬撃の嵐の中を偶然にもくぐり抜けて、ゴブリンの矢が男の鎧に突き刺さる。そして、もう胴体のない狼の頭だけが、執念によってか男の腕に噛(か)み付く。

まずい。

あの状態で、少しでも痛みで怯んでしまえば、大剣を扱いきれずにバランスを崩す。

思わず飛び出そうと身構える俺をエニが制する。

「ははは」

まるで、矢に射られたことも嚙み付かれたことも気づいていないように、いや、実際に興奮して気づいていないのだろう、男は嵐を起こし続け、数秒の後には、モンスターの破片だけが残った。

「ふん」

敵のいなくなった男は動きを止めて、強烈な笑いはそのままに自分の体をようやく確認する。そして刺さった矢と嚙み付いた狼に目を留めて、顔をしかめる。大剣を地面に投げ出すと、懐を探り、傷薬らしきものを取り出す。矢を引き抜き、未だ嚙んだままの狼の頭を引き離してから、その傷痕に無造作に傷薬をふりかける。

「お見事」

そこでようやく、動き出したエニが小部屋へと入っていく。

「ん？　ああ、エニ嬢ちゃんか」

顔を上げた男はエニ、そして俺に気づいて笑顔を作る。

だが、顔には笑み、と言っても鬼のような笑顔だが、を浮かべながらも、微妙に近づいてくるエニと距離をとるように動いている。モンスター相手のダメージに気づきもしないような戦闘スタイルとは対照的な慎重さが見て取れる。

「もうここまで来たのか」

「こっちは二人組だからね」

「ああ、あんたは、ヴァンだな。探偵の」

「どうも」

迂闊(うかつ)に近寄ったら襲われそうな気がして、俺は恐る恐る歩いていく。

「この男はブラド。知ってるでしょ、有名だから」

「ああ、やっぱり」

エニの紹介に俺は納得する。

あの大剣を見たときに、そうじゃないかとは思っていた。

どんなモンスターに対しても、防御無視でただただ大剣を振るう大男。冒険者の中でも戦闘力が高く、かつ乱暴な男として恐れられている有名人だ。

近くで見れば、ブラドの全身には古いものやまだ新しいものなど、無数の傷痕がある。あの無謀な戦闘スタイルのツケだろう。

「ちょうどいい、一緒に行くか？」

片眉を上げて笑いかけてくるブラドだが、目が笑っていない。

「結構よ。あたしたちは堅実に進むつもりだから。あんたのことだから、どうせ帰還石が使えなくても最短ルートを突き進むんでしょ」

「もちろんだ」

大笑いしてから、

「けど、ここでお前らが俺に追いついたってことは、お前らも結構な先頭グループってことだぜ」

「ねえ、実際の話、誰が合格すると思う？」

「さあなあ。合格人数がわからねえから、何とも言えないが、あれだな、先着十名程度だとしたら、そうだな」

牙をむくような笑みを深くして少しだけブラドは考え込み、

「俺は当然として、城の前で質問してたあのイスウの男、あいつも入るだろうな。見ただけでも相当な腕だってわかる。あんなのがよく今まで埋もれてたもんだ。それから、冒険者復帰しやがったジンだな。あいつもだ。そつなくこなすタイプだから、こういう実力を試すような試験はもってこいだろ。あと、モーラの奴もいたな。あいつも合格するだろ」

「え、モーラいた？」

「いたよ。あいつは気分次第で服装とか髪型変えるから気づかなかったんだろ。あの穴掘り屋は合格だろうな。シロナもいたよな、確か」

「ええ、一度会っただけだから自信ないけど」

「全身真っ白な女なんてあいつくらいだろ」

名前に聞き覚えはないが、真っ白い少女のことは覚えている。あれがシロナか。

「あの、キジーツって、どうなんですか？」

どうしても気になるので、こわごわと俺が質問すると、

「知らねえよ、あいつの実力なんて。探偵だし。いかれてる、とはよく聞く噂だけどな」

ブラドは肩をすくめて、

「もちろん、お前らも合格するだろ。さて、そろそろ行くぜ。じゃあ、本番ではよろしくな」

顔をくしゃりとして笑いかけてから、ブラドは去っていく。

あまりその背中を追いかける気にはならず、俺はその場でブラドを見送る。

「なかなか危機察知能力高いじゃない」

同じように横に立っているエニがぽつりと言う。

「ん？」

「後ろから不用意に近づいたら、斬りつけられていたかもよ」

冗談かな、と思ってエニの顔を見るが、真剣そのものだ。

「あたしが一緒に行くのを断ったのも、怖かったからよ」

「え、親しそうだったのに」

「表面上はね。あいつ、あんなファイトスタイルのくせに、猜疑心が強いし、おまけに怪しかったらとりあえず斬ればいいって発想だから」

なにそれ、超怖いな。

「はっきり言って、あたしの知る限り用心しなきゃいけない冒険者ナンバーワンよ。実力はあるんだけどね」

ということは、俺がこの予選を通過したら、本番ではそんな奴と一緒に仕事をしなければいけないってことだ。

「棄権しようかなあ」

半分本気で呟いた俺を、エニは冷たい目でじろりと見てくる。

「あっ、じょっ、冗談だから」

命の危険を感じて愛想笑いをする。

最近、俺の周りにいる女の子が怖い。

「はい。ここからは一本道だから」

ブラドとの邂逅(かいこう)から一夜明けて、俺とエニは一方通行の壁の前に立っている。

「見ればわかる。一本道の上に一方通行なんだろ」

透き通った一方通行の壁の向こうには一本の通路が続いており、そしてまた一方通行の壁、その通路の奥にまた一方通行の壁、そしてまた……といったように延々と一方通行の壁と一本道が続いている。

「そうそう、ここが石の古城の名物みたいなもんだから。最深部の一つ前の一本道。腕に自信のある冒険者は余裕で歩いていくんだけど、あたしたちは走り抜けるわよ」

「え、何かあんの？」

「モンスター祭りだから。熟練者でも、一人で通るとなると、ここはちょっときついわね」

懐から瓶や袋を取り出して、エニは準備を進めている。

「モンスター祭りか……けど、俺たちの場合は一人じゃなくて二人だよな」

「うーん、あんたは熟練の冒険者の半分くらいとしてカウントした方がいいわね。経験がないし。だから、正確には一・五人かな」

「……ああ、そうですか」

俺も剣を抜く。剣技にはあまり自信はないが、そんなことを言ってもいられない。

身体強化の魔術も準備しておく。

いつでも来い。

「さあて、じゃあ、行くわよ。ここを抜ければゴール。晴れて本番に出場決定、だけど」

ステップを刻みながらエニはちらりと横目を俺によこして、

「あたし一人でもここからラストくらいまでなら行けるから、危なくなったらさっさと帰りなさいよ。足手まといを気にしてる余裕はあたしにもないし」

心配してくれているらしい。

「ありがとう」

素直な俺は礼を言う。

「はっ、はあ!? 何でそこでありがとうなのよ、意味わかんないっ」

顔をそむけたエニは、

「じゃ、行くわよ、1、2、3っ!」

と、照れ隠しとばかりにカウントをとってから、エニが一方通行の壁を通り抜ける。

俺も、身体強化すると同時に駆け出す。

「うおっ」

壁を通り抜けた途端、狭い通路に突然モンスターが湧き出す。その数は十や二十じゃない。狭い通路がモンスターであふれかえる。

「突っ込むわよ」

足を止めず、そのモンスターの群れに突っ込むようにしながらエニが瓶を投げつける。

群れの中心で瓶を中心に爆発が起こり、モンスターたちがなぎ倒されていく。倒しきれていないが、元々目的はモンスターを倒すことではない。ただ、前方に道を作ることだ。

爆発でできた道をエニは走り抜ける。すぐにモンスターたちが群がってくる。また、袋や瓶を投げつける。その度に、爆発や高温の炎がモンスターたちを襲う。

それでも、炎に耐性のあるモンスターや運よくエニの攻撃を潜り抜けてきたモンスターが襲いかかってくる。

そいつらを狙って、俺は剣を振り回す。倒せなくていい。怯んでくれさえすればいいのだ。

剣が届きそうにないモンスターに対しては、風の魔術で吹き飛ばすようにする。もちろん、俺といえども即席の魔術だけでモンスターを倒すことはできない。どちらかというと、押すイメージだ。空気を使って押す。少しでも俺とエニから距離をとらせる。

「助かるわ」

呟きながらエニは次の壁を通り抜ける。またしてもモンスター。投げつけられる小瓶や袋。俺は剣を振るい、魔術を使う。

その繰り返し。

だんだんと余裕のなくなっていくエニはせっぱつまって至近距離で爆発炎上をさせることが多く

なり、髪や肌が焦げ始める。

俺も必死で剣を振るう腕の動きが鈍ってくる。強化して酷使しすぎたらしい。その分剣筋が荒くなり、仕留めきれないモンスターが俺とエニに襲いかかる。

「くそっ」

それでも、足を止めるわけにはいかない。

風の魔術で吹き飛ばすが、魔術の精度も落ちてきている。モンスターの牙が、爪が、武器が俺とエニの皮膚を裂く。

鋭い痛み。何とか深い手傷を負わずに済んだことに感謝しながら、走り抜ける。

「あとちょっとよ」

この絶体絶命の中も、エニの表情には焦りがない。

これで中級向けのダンジョンか。ひょっとして、これなんて冒険者にとってはピンチの中には入らないってことか？　嫌だな、どんどん本番に参加する気が失せてくる。ちょっときつい、なんてもんじゃないだろ、これ。

思いながら限界まで両足を強化して、腿の肉が千切れんばかりに動かして走る。

モンスターの群れの向こうに開けた場所が見える。一方通行の壁の向こうだ。あれが、ゴールか。

「しゅっ」

液体の入った瓶をエニが投げつけ、爆発が起こる。

「こっから先は強行突破よ」

ラストスパートだ。

「エニ！」

剣を近づいてくる猿のようなモンスターに向けて投げつける。それが命中したかどうかを確かめることすらせず、俺は空いた手でエニを抱き上げる。

「きゅっ!?」

エニが変な声を出す。

もう、この後どうなってもいい。

それくらいの覚悟で、全身を限界まで強化して、俺は疾走する。

「ぎゅ、ぐ、え」

肺が押しつぶされそうだ。喉の奥から異音がする。全身がばらばらになろうとしている。

それでも、全力で走る。あとちょっとなんだ。

「ちょ、ちょっと」

文句を言おうとするエニ。

黙れ。強行突破なら、こっちの方が都合がいいだろ。

爆発で崩れたモンスターの陣形を、モンスターを縫うようにして走り抜ける。

全身が痛い。多分、傷だらけだ。

「ぐ、あ、あ」

視界がちかちかと光る。その中を、俺は滑り込むようにして最後の一方通行の壁を通り抜ける。

途端、モンスターの気配が遠ざかった。

やった、ここはキャンプと同じ、モンスターが湧かない、入ってこれない場所なんだ。

「よし」

小さく呟いた俺はそれでも急には止まれず走り続け、足は動いているのに意識の方が遠のいていく。バランスを崩した俺が最後に見たのは、慌てた顔で地面に着地するエニと、そんな俺とエニを呆れたような顔で見る数人の男女だ。

ジンにブラド、真っ白い女の人もいるし、あ、キジーツもいる。あの着流しの男も。

そんなことを思いながら、衝撃と同時に俺は意識を失う。

目を覚まして、初めに見たのは心配そうに覗き込むエニ。

倒れていることに気が付いて、俺は慌てて飛び起きる。

「あ、起きた」

瞬時に呆れ顔に切り替えたエニが呟く。

「ここ、は」

混乱する。

意識を失う直前に滑り込んだ広間、のように見えるが、あの全身の痛みがない。おまけに、傷もない。

自分の体を確認している俺を見て何を混乱しているのか察したらしく、

「治療してもらったのよ、シロナに」

とエニが説明してくる。

「シロナ？」

「私」

短く答えるのは、あの全身が真っ白な少女だ。純白のローブで全身を隠してはいるが、そこから覗く肌も髪も真っ白い。

「医術師」

短く補足するシロナに、

「ああ、なるほど、それはどうも」

俺は頭を深く下げる。

医術師というのは、ほとんど医者や医師と同じ意味だ。ただ、診療所で人を診察、治療するのではなく、機材や薬品を持ち歩いて現地で行う。特に、戦場やダンジョン内で。

「報酬はもらっているから」

ふい、とシロナは顔をそむける。

「報酬？」

「私が依頼した。君が苦しんでいては話が進められないからね。とはいえ、やれやれ、君が気絶していたおかげで、試験が終了したというのに三十分も待たされた」

品のいい顔に苦笑を浮かべるのは、屋敷でベントの隣にいた息子、ハントだ。

終了、という言葉に俺は周囲を見回す。

そこには、数人の男女が佇んでいる。どれもこれも、雰囲気からしてただものじゃあない。

「にしても、馬鹿ね。あんな無茶するなんて」

「いや、だって、ピンチだっただろ」

「そこまでピンチってわけじゃないわよ」

とエニは紫色の液体の入った小瓶を数本取り出す。

「高いから使わなかったけど、これを使えばあれくらいのモンスター全員消し炭にできるし」

「え、そうなの？」

「あれくらいで焦るなんて、冒険者としては駆け出しもいいとこよ」

「実際、俺駆け出しだからしょうがない」

「しょうがない、じゃないわよ」

エニのげんこつが俺の頭を襲う。そんなに痛くないけど。

「ったく、馬鹿」

「悪かったよ」

「……っていうか、そんなにピンチだと思ってたら、どうしてさっさと帰還しなかったのよ」

「だって、エニがいたし。俺が帰還した後でエニも帰還するかどうかわからないだろ」

こいつのことだから意地を張って一人でも突撃して、その挙句死んだら夢見が悪い。

「はぁ⁉　あたしのことを心配するなんて百年早いわよ、馬鹿」

「おい、夫婦漫才はそれくらいにしろよ」

にやりと笑って言うのはジンだ。

その言葉に俺は青くなる。

「お、おい、冗談でもそういうこと言わないでくださいよ。キリオが聞いたらどうするんですか？」

「は？　キリオって誰？」

エニの目つきが鋭くなる。

「あん？　お前、あいつと付き合ってるのか？」

ジンもきょとんとした顔をする。

しまった、超やぶへびだ。

「そこまでだ」

ぱんぱん、と手を叩く音が広間に響く。呆れ顔のハントだ。

「ヴァン君が起きたところで、まずは帰還するとしよう。続きは、私の家の屋敷で」

言うが早いか、ハントの姿が消える。

ほぼ同時に全員が消えていく。

後に残ったのは俺とエニ。

「ああ、ここ、一方通行だから出口ないのか」

俺はそんな抜けたことを今更口にする。

恰好(かっこう)つけて帰還石に触れずに進まなくてよかった。詰んでたかもしれない。

「ヴァン」

「ん？」

「馬鹿」

憎らしい顔をして暴言を吐いて、言い返す前にエニの姿が消える。

俺は頭をかく。

まあ、馬鹿だな。

仕方なく、俺は一人でため息をついて、

「帰還」

と、唱える。


屋敷に着いたときには夜だった。

奇妙なことに、そのシンプルすぎるほどシンプルな屋敷は、日の光の下で見るのと月明かりの下で見るのとでまったく印象が変わらない。

あまりにもシンプルすぎるその屋敷は、ただ屋敷であるという印象しか持たせないのかもしれない。日の光の下の明るさも、夜の不気味さもない。

ハントの案内で屋敷に入った俺たちは、予選について伝えられた広間を抜けて、その奥にある客間に通される。

客間と言っても大きな銀樹製のテーブルといくつもあるソファー以外には、何の変哲もないただの広い部屋だ。

「ああ、よく来た、座ってくれ」

客間で待っていた、体を羊毛らしいバスローブに包んだベントが迎えてくれる。

そして、俺たちは思い思いの場所に座る。なんとなく、俺とエニは同じソファーに座る。

「今夜はうちの屋敷に泊まってくれ。私は元々冒険者の真似事（まねごと）もしていてな、そんな私からすればあの予選をクリアした君たちは尊敬すべき友だ」

「どうぞ」

俺たちを客間に案内してからふっと消えていたハントがいつの間にか舞い戻り、片手にはいくつものグラスを載せた盆、もう片手にはボトルを持っている。テーブルに盆を置き、俺たちにグラスを配ってから、ボトルから琥珀（こはく）色の液体を注いで回る。

「うちの蜂蜜酒は国内はもちろん、他国からもわざわざ行商人が買い付けにくる逸品だ。まず度数が違う。他の酒のように薄めていないからな」

機嫌よく言うベントはハントを含む全員の手に蜂蜜酒がいきわたったのを確認してから、

「それでは、まずは飲もう。乾杯」

ベントの音頭で、全員がグラスを傾ける。

「さて、あの予選を潜り抜けた猛者同士、もう自己紹介は済んだのか？」

「するわけないだろ、そんなこと」

雇い主になるであろう相手に対して平気でため口で話すのはジンだ。

「ふむ、そうなのか、もったいない。馬車での道中や古城の最深部など、話す機会はいくらでもあったろうに」

「どっかの馬鹿が気絶してましたので」

よせばいいのにエニが横目で俺を冷やかすようにする。

「まあ、すいません」

が、気絶していたのは確かで、そのために皆を待たせたようなのでそこは謝っておく。

「ああ、まあいい。それじゃあ、ちょうどいいから私から全員を紹介させてもらおう。ハントから早馬で報告を受け取ってから、諸君が着くまでずっと諸君らの経歴を改めさせてもらっていた。いや、全員猛者揃(ぞろ)いで、経歴を見るだけでも面白かったよ」

早くも酒が回ったのか、ベントの丸い顔が赤く染まる。

「まずは君だ。ヴァン・ホームズ。名前は皆知っているな。有名人だ。よく来てくれた。別名が革命家ヴァン。冒険者ではなく探偵だ。パンゲアの七探偵の一人」

「ど、どうも」

紹介され、俺は立ち上がって全員に一応会釈をする。

気恥ずかしさのためか酔いが回ったのか、自分の頬が熱い。

多分、両方だ。特に蜂蜜酒が、ベントの言葉どおり、かなり強い。

「そしてその隣にいるのが、エニ。まだ若いが炎術師としては有名だな。冒険者一家で、幼い頃から炎術師として活動していた。生まれは、確かこの国だな」

「ええ」

ほんのりと頬を染めながら、エニはまた一口蜂蜜酒を口に運ぶ。

「ジン。君のような高名な冒険者が参加してくれるとは心強い。どんな状況にも対応できるベテラン冒険者。一時期冒険者をやめて教会に雇われたという噂があったが？」

「さあて。俺は稼げるところに行くだけだな。ただ一つ言えるのは、俺が参加する限り、今回の仕事の成功は間違いないってことだ」

グラス片手に偉そうなジンに俺はちょっと腹が立つ。

なんだあいつ、あの事件のときには何もできずに右往左往してたくせに。

「いや頼もしい。それから、ああ、君については資料が見つからなかったんだ。謎の男だな。ウォッチ・ホウオウ」

ベントの顔が向けられたのは、部屋の隅で佇んでいる長身の男だ。本当に背が高い。優に二メートルは超えている。巨人族の血が反映されているらしい。

その長身を灰色のマントで包み、背中に身長と同じくらいの長さの槍を担いだ男は、言葉と顔を向けられても何の反応もせず、ただ機械的にグラスを傾けている。

「だがあの予選を潜り抜けたのだから力が本物なのは証明されている。期待しているぞ」

「承知」

短髪と角ばった顔、眉間に刻まれた皺から連想されるのと寸分違わない、低く重い声でウォッチは短く答える。

まだ若いようだが、雰囲気が老成しているために本当の年齢がよくわからない。

「ところで、姓があるということは貴族かな？　ホウオウという字面からすると、イスウの出身らしいが。不勉強でまだホウオウ家については知らなくてね」

「今はもうない家だ」

「ああ、これは悪いことを聞いた」

謝るベントとウォッチのやりとりを、あの着流しの男が目を細めて観察している。

「そうだ、イスウの出身と言えば君もだな。ヘンヤ」

紹介されて、着流しの男、ヘンヤは視線をウォッチから外す。

「ああ、そうだ。俺は平民だがね」

引きつるような笑みを浮かべるヘンヤ。

「だが有名人だ。厳密には君は冒険者ではないのだな。今回がダンジョンに潜るのは初めてか？」

「ああ、武者修行の一環だ」

「素晴らしい。イスウの王家指南役、セキウン殿の高弟が参加してくれるならば心強い。セキウン流免許皆伝の腕、見せてもらおう」

「はっ、免許皆伝ね」

嘲りの表情で呟くヘンヤの目は、なぜかまたウォッチを向いている。

「医術師のシロナ。我が国の出身で、一時は宮廷医師への誘いまであった才媛だ。それを蹴って医術師として全国を渡り歩くなんて、最初に聞いたときは私も驚いたものだが、そっちでも大成功しているようで何よりだ」

「どうも」

酒を飲んでも変わらずに真っ白い顔のまま、シロナは座って会釈をする。

「モーラ。お前とは古い付き合いだな。冒険者というより、穴掘り屋として、だが。昨年は世話になった」

「気にしなくっていいわよ、あはは」

顔を真っ赤にして上機嫌に笑うのは、小柄な少女だ。いや、ベントの言からすると、見た目は少女だが実際にはそれなりの年齢なのだろう。ホビットの血か？　いや、違うな。穴掘り屋、ディガーだとするとドワーフの方だろう。

穴掘り屋、ディガーとはその名のとおり穴を掘るのを職業とする。トンネルを掘ったり、あるいは鉱山開発をしたり。地面のスペシャリストと言っていい。かつては鍛冶を得意とするドワーフの多くが就いていた職業で、現在もドワーフの特徴を持つ人間が好む職業と聞く。

モーラは小柄な女で童顔で、赤褐色の巻き髪とだぶだぶのつなぎがどこか修理工を思わせる。

今は大きな鞄(かばん)を床に置いているが、置くときにずしりと重い音がしたのを覚えている。おそらくつるはしだとか、そういう重量のある器具を入れているのだろう。それを彼女が客間に入るまで軽々と片手で扱っていたのも憶(おぼ)えている。

おそらく、尋常な膂力(りょりょく)ではないのだろう。

「うちにとっては穴を掘るのもダンジョン潜るのも一緒だからさーこういう機会があって嬉しいのよね。ベントの旦那が関わるってことは、よっぽど大きな仕事なんでしょ、楽しみだわね」

ぴょんぴょんと小さな体で跳ねるモーラを見て、ベントは苦笑する。

「ふふ、ディガーとしても冒険者としても腕が一流なのはよく知っている。今回もよろしく頼む。そして、キジーツ。探偵も募集したから、ひょっとしたらジャンゴ一門の誰かが来るかとは思っていたが、まさか君が来るとは。色々と噂は聞いているが、実際に会うのは初めてだ。よろしく」

「よろしく」

初めて聞いたキジーツの声は抑揚が不自然だ。棒読みとでも言えばいいのか。羽飾りで全身を飾った男は、手にグラスを持っただけで、一口も酒を飲んでいないようだ。

キジーツは、ずっと誰とも目を合わさず、グラスに注がれている黄金色の液体を、不思議そうに眺めている。

「ブラド。長年の友人でもある君が残ってくれて嬉しいよ。君は我が国のトップクラスの冒険者であり、私の事業の協力者でもあった。息子の冒険者としての教育係もしてくれていた君ならば信頼できる」

「もう子守はごめんですがね」

気分よさそうに体を揺らすブラドのグラスは既に空になっている。

「以上九人が私の仕事に協力してくれるパートナーということだ。いや、こんな優秀なメンバーが集まって実にありがたい。神に感謝せねばな」

「父上、そろそろ」

真っ赤な顔で熱弁をふるうベントに、ハントが静かに促す。

「うん？　ああ、そうか、そうだったな。これはすまん。仕事の話をするべきか」

一息に蜂蜜酒を飲み干すと、

「では、選ばれし精鋭である諸君に頼みたい仕事を説明しよう。といっても、腕利きの冒険者を集めてすることだから、やってほしいのはダンジョンの攻略に決まっている。実は、私が最近、大枚をはたいて購入したダンジョンがあってね、そこを是非攻略してほしい」

「妙な話だな。攻略して、中で手に入れた宝を洗いざらい持って帰ってほしいってことか？　固定給で？」

ジンが首を捻る。

そうだ、どうも話がおかしい。

もしそのダンジョンが高難易度なら、放っておいても熟練の冒険者たちが乗り込むだろう。帰還した彼らと取引すればいいだけの話だ。

それとも、そのダンジョンの中に絶対に手に入れたい何かが眠っているというのがわかっているとか？

けど、ベントの言い方だと、アイテムは関係なく、ただ単に。

「いや、攻略だ。もちろん、攻略した証拠としてアイテムや最深部までのマップは必要だが、要は諸君らがそのダンジョンを攻略したという事実さえあればいい」

「何だそりゃ？　未攻略のダンジョンはまだ数は少ないけど存在する。けどよ、そのダンジョンはまだ攻略されていないから、何つうんだ、値打ちがあるわけだ。最深部には見たこともない宝があるんじゃねぇかってな。勝手に攻略される分にはともかく、持ち主が大枚はたいて攻略させようなんて聞いたこともねえぞ。集客力が減るだけだ」

続けざまのジンの突っ込みに、

「いや鋭い。さすがは百戦錬磨のジン。そうだ、普通はそのとおり。だが、諸君に攻略してほしいのは普通のダンジョンではなくてな。諸君らのうち数人は因縁もあるダンジョンだが」

一度言葉を切ってから、ベントは大いなる秘密を打ち明けるかのように声を潜める。

「『土中迷宮』、いや、こちらの呼び名の方が通りがいいか。『帰らずの地下迷宮』だ」

その言葉が出た瞬間、客間の空気が変わる。

ジンは絶句し、ひげを撫でる。その両目は険しく吊り上がっている。

エニは体を強張らせ、唾を飲む。

まったく動かないのはキジーツ。だが、その握っているグラスに小さくひびが入る。

ヘンヤはウォッチを見たまま何かを思案するように口を手で覆い、そのウォッチは目を閉じて深く息を吐く。

モーラが目を見張って驚いている。だが、口には僅かに嬉しげな笑みが。

シロナのローブのフードで隠れた表情を読み取ることはできないが、その体が一瞬硬直したのはわかった。

そうして、ブラドは天井を睨んでいる。睨みつけている。そこに何か敵が存在するとでも言うように。

異様な周囲の様子を見回していた俺は、同じように観察していたハントと目が合う。静かな目だった。こちらの内心を覗き込むような。

「君たちには、帰らずの地下迷宮を攻略してもらう」

改めて、ベントが宣言する。


土中迷宮。別名、帰らずの地下迷宮。

名前だけは聞いたことがある。五年前に発見されたダンジョン。まだ誰も攻略していないどころか、潜った冒険者の大半が戻ってこなかったと言われる曰くつきのダンジョンだ。

「リターンマッチか」

呟いたのはブラドだ。目を吊り上げながら笑うという壮絶な表情をしている。

「そっか、ブラドは生き残りだっけ」

エニが隣の俺にだけ聞こえる程度の小さな声で言う。

「楽しみだ」

ぬたり、と蛇を思わせる粘着質の冷たさでヘンヤが微笑む。

「それで、どういうわけであんな曰くつきのダンジョンを攻略させたいんだ？」

ジンが俺たちの疑問を代表するように訊く。

「ふむ、簡単なことだ。先程君が言ったように、未攻略で難易度の高いダンジョンは集客力を持つ。が、あのダンジョンの場合は行きすぎで、今や冒険者が攻略に二の足を踏むようになってしまった。だからこそ、未攻略のダンジョンだというのに私が買える値段になったわけだが」

未攻略のダンジョンについては、伝説にあるダンジョンのように最深部に聖遺物があるのではないかと思われているため、基本的には王家の管理下に置かれるのはどの国でも同じだ。

だが、帰らずの地下迷宮の場合は、それが売り出されることになったらしい。誰も攻略しようとしないためか。

「呪われていて潜った人間は全員必ず死ぬだとか、時空を操るシャドウという未知のモンスターが徘徊しているとか、そんな噂まで流れる始末だ。絶対に攻略できないダンジョン、死だけが待つダンジョンだと言われている」

肩をすくめてから、

「ちなみにシャドウというモンスターの噂が流れた原因は、明らかな密室で冒険者が死んでいたからだ」

ちらりとベントが俺とキジーツに目をやる。

なるほど、探偵も募集した理由が納得できた。万が一、俺たちの攻略中に何か起こった場合、それを未知のモンスターなんかのせいにせずにきちんと解決するように期待されているわけか。

「冒険者は危険な職業だから、ゲンを担ぐ者も多い。そんな不吉なダンジョンには入らないというわけだ。その生存率ゆえに帰らずの地下迷宮は難易度も最高レベルだと推測されている。もしも、誰かが攻略して生きて帰れば、冒険者が殺到することになるだろう」

「未攻略ダンジョンが攻略済みダンジョンになったっていうのに、逆に価値が上がるわけだ。そして、あんたはそのダンジョンを使って儲けると。なるほど、話としては単純だな」

ジンが不遜な口をきく。

「……それもいい、が」

そこでヘンヤが何かを摑むしぐさをする。

「そもそも、攻略が可能なのかどうかだな。斬れば片がつく問題ならなんとでもなるが」

刀だ。

おそらくは無意識に、刀を摑むしぐさをしている。

「どういうこと？　ダンジョンなんだから攻略は可能にきまってるでしょ」

エニが不審な顔をする。

「とっころがそういうわけでもないよねー。まあ、実際に挑戦したことないエニちゃんは知らなくて当然だけどさ」

にこにこと楽しそうにモーラが言うのを、

「ちょうどいい。君が適任だな。何しろ、発見者だ。詳しいことを知らない者もいるだろう。あのダンジョンについて軽く説明を頼む」

ベントが手のひらを差し出して促す。

発見者？

「え？　うち？」

急な指名にモーラは戸惑った顔をするが、根が単純なのかすぐに切り替えて、

「んじゃ、おおまかなところだけでも」

と咳払い(せきばら)いをする。

五年前、モーラを含む一団がそのダンジョンを発見したのは、偶然だった。

彼らはクア地方の大地を掘ることを目的としていた。クア地方は山地が多くを占める地方だが、掘るのは山地ではなく山と山の間の谷間に位置する地面だ。

山ではなく谷間を掘るのだから、鉱山開発ではない。

クア地方はペースの中でも有数の地震の多い地方としても知られていて、精霊暦以前からずっと地殻変動を繰り返してきていると言われている。

だから、クアの地面の下に何かが埋まっている、というパターンの言い伝えが数多く存在するの

も当然だ。

古い神殿が埋まっている、という民間伝承の指し示す場所を掘るため、ディガーとしてモーラは雇われた。雇い主は歴史学者で、純然たる研究のための発掘だった。

だが、見つからなかった。

掘る範囲を広げても見つからない。さらに深く掘っても見つからない。

やはりそんな神殿など存在しないのかと、一団の誰もが諦めかけたそのとき、大地の奥深くで何かを見つけた。

壊れた、地中深く埋まっている建造物。石壁の一部。

神殿か、そう喜び勇んだ一団はその周囲を掘り、そしてそれが神殿ではないことに気づく。

だが、その時点では誰もまさかそれがダンジョンだとは思っていなかった。理由は単純で、壊れていたからだ。外壁、そのダンジョンの最上部にあたる場所の一部が、砕け、ひびが入り、滅失していた。ダンジョンは壊れないもの、その先入観から古代の建造物だとばかり思っていた。

まずは外部からと考えていた一団だが、その建造物のあまりの巨大さ、特に深さに周囲を掘って全容を確認するのを諦めた。外部がダメなら内部から、とは当たり前の流れだが、出入り口が一切見つからない。冒険者としていくつもの修羅場をくぐった経験のあるモーラが、最上部の壊れた部分、外壁の割れ目から内部に侵入すると決心して、そこに潜ったところで、ようやくその建造物が何か判明した。

破壊された場所から入ったモーラが最初に目にしたもの、それは外部と同じように破壊された内部だった。

内壁もひびが入り、割れて土と混ざり、ひどい状況だった。

その中で、モーラは土塊のように転がるひびの入った水晶を見つけた。

それが何を意味するのかわからずにモーラがぽかんとしたのも一瞬のこと。

次の瞬間に、モーラは全てを納得した。

これは帰還石のなれの果てだ。壊れてしまった帰還石に間違いない。

なぜ出入り口がないのか。最上部に出入り口があったのだ、当然ながら。最上部から入って、下に潜っていくのがダンジョンなのだから。その出入り口の部分が破壊されてしまっているから、出入り口が見つからないのだ。

なぜダンジョンなのに破壊されてしまっているのか。確かに、現在の人の手ではダンジョンを構成する物質は分析することすらできず、壁にはかすり傷をつけるのがやっと。だが、人の手ではなく地殻変動、地震という大いなる自然の力の前には、一部が破壊されても何も不思議ではない。

もちろん、ダンジョンだとわかれば、何の準備もなく一人でそのまま進むような愚かしいことをするわけもなかった。

モーラを含めた一団は帰還し、そして国に地中に埋まっていたダンジョンについて報告。こうして、新しいダンジョン、土中迷宮が冒険者の噂に上ることになった。最初は、帰還石が使えない危険な、しかしまだ攻略されていないため貴重な宝を入手する希望もあるダンジョンとして。一年経つ頃には、挑戦したもののほとんどが死ぬ呪われたダンジョンとして。

モーラの話が終わる。

「正確には、挑戦した者の大半が死ぬというのは間違っている。噂にすぎない」

前髪をかきあげてハントが補足説明をする。

「帰還石がないことで攻略がかなり危険なものであることはわかっていた。さらに、地下一階で中級のダンジョンの最深部に出てきてもおかしくないようなレベルのモンスターの出現を確認したところで、土中迷宮が全ダンジョンの中でも最高レベルの難易度のダンジョンだと判断された。もちろん、帰還石が使えない等の事情も含めた総合的な判断だ。ともかく、それがわかっているから冒険者も慎重になる。二階、三階降りたところで引き返す冒険者が大半で、彼らは無事に生還している。君もそうだな、ジン」

「危うきに近寄らずだ。発見されてすぐに潜ってみたが、危険すぎると判断してすぐに退却した。臆病だと笑う連中もいたが」

ジンは目を閉じて思い出し笑いを噛み殺す。

「全員、死んでしまったよ、そういう連中はな」

紛れもない、嘲りの色がそこにある。隠そうとしているのに、隠れようのない嘲りだ。

「俺以外は、だろう」

部屋を見渡すように眼球だけを素早く動かしながらブラドが口を開く。この男から見え隠れする、猜疑心や慎重さがそのまま動作になって現れたようだ。

「ああ、そうだ、ブラド。紹介しよう、彼こそ土中迷宮の地下五階以降を知る唯一の生き残りだ」

ベントが手を叩く。

「十階まで行ったところで、行き止まりで帰ってきたよ。俺以外は全員、目を離しているうちに死んでいた。降りる途中と帰る途中でな」

「その話は知っている。だから質問したんだ。斬ってかたがつく話ならいいが」

また、ヘンヤがおそらくは無意識に刀を握るようなしぐさをする。

「行き止まりというのがどうも、気になってな。地殻変動の影響で入り口付近が壊れているんだろう？　ダンジョン自体の破壊の影響で、それ以降進むことができない、つまり攻略不能という可能性はないのか？」

「そりゃだいじょぶだと思うよん」

モーラが自分の胸のあたりを叩く。

「詳しい話は専門的なことになるから省くけど、ダンジョンの入り口付近が壊れているのは、他がまったく壊れなかったからだからね、多分。ダンジョンっていうのがあまりにも頑丈すぎたから、どこもほとんど変形しなかったわけよ。んで、地殻変動の凄まじい力がダンジョン全体にかかったんだけど、どこも変形せず、つまり力が逃げていかずに、多分構造上一番力が集中しやすかった入り口付近に全部集まって、耐えきれずに」

ばん、とモーラは両手を使って爆発するジェスチャーをする。

「ちなみにこれ、うちだけじゃなくて、何人かの専門家との研究で出た意見だからね。念のため言っとくけど」

「そこのモグラ女の援護をするわけじゃないが、そいつの言うことは多分正しい。入り口付近は破壊されて土が入ってひどいもんだが、降りていけば綺麗なもんだ。ごく普通のダンジョンだよ。行き止まりではあったが、多分あれは仕掛けがあったんだと思う。けど、半数が訳のわからない死に方をした後だ、じっくり仕掛けを調べる気にもならなくてな。俺たち生き残りは帰ることにしたわけだ」

「妙な死に方？」

引っかかった俺が疑問を口に出すと、

「一人一人、死んでいった。あれは何だったんだろうな。今でもわからない。シャドウだったか、時空を操るモンスター、ふん、馬鹿馬鹿しいが、それを信じたくなる気持ちはわかる。仲間の一人が突然消えて死体になっていたり、怯えて小部屋に閉じこもった挙句、誰もいないはずの部屋で死んでいたり。不思議だったな」

その内容よりも、むしろそれを夢見るような顔つきと声で言うブラドに俺は背筋を凍らせる。あるいは、仲間の死すらもいい思い出、懐かしい冒険譚として処理してしまうのが冒険者の性なのか。俺にはわからない。

「それくらいでいいだろう、とりあえず簡単な説明でいいんだからな」

ベントが大声を出して、ブラドの述懐は止まる。

「では、ここで最終確認をとるとするか。土中迷宮、帰らずの地下迷宮の攻略依頼、諸君は受けてくれるかな？　そんな危険な依頼は断るという者はこの場で言ってくれ」

言い放ちながら、ベントは誰もそんな者がいないと信じる不敵な微笑みを緩んだ頬に浮かべる。

そのベントの予想は裏切られない。

ブラドとジンは笑っている。

シロナとキジーツ、ウォッチは表情を変えない。

ヘンヤとモーラ、俺の隣のエニは険しく目を尖らせる。

そして、誰もが依頼を断らない。

俺も、やめますとは言えない。が、俺の場合は単に誰もやめると言わないから自分からも言えなかっただけだ。元日本人の同調気質が出てしまった。もし、誰か一人でも依頼を受けないと言えば俺はそれにすぐさま乗っかっただろう。

だが、とにもかくにも。

それぞれの思惑は置いておいて、俺たち予選突破者は全員が帰らずの地下迷宮に挑むことになる。

3　突入

「まずは、この穴を降りていかなきゃいけないわけね」

　ベントの屋敷での説明から三日後、それぞれ準備を整えた俺たちは土中迷宮のあるクア地方、その谷にある大きな穴の前に集合している。

　げんなりとした顔でさっきのセリフを言ったのはエニだ。

「すごいな、こりゃ。底が見えないぞ」

　真っ暗い穴を覗きながら、ヘンヤは楽しそうだ。

　全員、帰還が非常に困難なダンジョンに挑むということでそれなりに荷物を持ってきている。

　例外はブラドくらいか。彼の場合、大剣と巨大な鉄箱を持っているから、それ以上ものを持つわけにもいかないのだろう。

「穴自体が曲がりくねり、さらにいくつも枝分かれしている。この中を、迷わないように地図とにらめっこしながら降りていかなければいけないらしいが」

　言いながらハントがちらりとモーラを見る。

ハントは、何とお目付け役として俺たちと一緒にダンジョンに潜るらしい。

意外にも誰からも反対が出なかった。師匠であるブラドが「もしもパーティーに危機が迫っても、一人で逃げ延びる程度の実力ならある」と保証したからかもしれない。「ま、この穴を掘ったのうちだからね。うちが先頭で案内しますよ」

視線に応えるようにモーラが肩をすくめてランタンを取り出すと先頭に立つ。

「行きますよ」

そうしてモーラの案内で穴を降りていくが、なるほどこれはモーラが案内でないと相当骨が折れただろう。なにせ真っ暗な穴を降りていくだけでも神経がすり減りそうなところなのに、そこに穴が曲がりくねり、さらに無数に枝分かれしている。

一度迷ったらモーラはともかく、素人なら絶対に抜け出せないだろう。もちろん、そうならないようにダンジョンに至るまでの道筋を示した地図が存在するのだが。

俺も一応その地図はもっている。というか買った。これの販売権もトレジャー家のものらしい。

さすがというかなんというか。

穴を降り始めて一時間弱。

「着いた」

穴の途中で、モーラがほっと息をつく。

え、どこだ？

俺の目には今までと同じ穴の道中にしか思えない。

「あれだ」

ジンが指差す先に目を凝らすと、穴の途中から土とは質感の違う、平らな部分が出ているのがランタンの僅かな明かりに照らされて見える。それも、割れ目が入っているようだ。

あれか。

「それじゃお先に」

言うが早いか、モーラは小柄な体を割れ目に落とすようにして降りていく。

モーラの体のサイズでぎりぎり通れる程度の割れ目だな。

「懐かしいな」

遠い目をしたブラドは、到底通るとは思えなかった大剣と鉄箱を押し込むようにして割れ目に落とす。そして巨体のいたるところを折りたたむようにして自らも降りていく。

すごいな。

素直に感心しながら、俺も後に続く。

内壁自体が淡く発光しているのか、いざ潜り込むと中の様子は穴のときよりもはっきりと見える。

身長ではブラドを超えるかもしれないウォッチと、体格のいいジンも何とか体を滑り込ませる。

こうして、俺たちは全員その壁のこちら側に降り立った。

「はあん、これは、ひどいな」

ヘンヤの呟きに俺も同意見だ。

ダンジョンとは思えない。ひびの入った内壁に、内部にまで入り込んだ土と石。

「これね」

ぼそりとシロナが呟いて屈(かが)んだところに、ひび割れた水晶が転がっている。大きさといい形状といい、帰還石にしか見えない。

「これ、壊れているんだよな？」

俺が一応確認すると、

「見てわからない？」

とエニに見下されるような目つきをされる。

「いや、だって帰還石も聖遺物なんだし、これまで壊されたことなんてないはず、ですよね？」

言いながら不安になる。

「少なくとも帰還石を破壊した記録はないね」

こんな異様な場所でも品をなくすことなく、ハントが鷹揚(おうよう)に同意する。

「だから、帰還石がどこまで破壊されたら機能停止するかなんてわからないだろ。ひょっとしたら、この状態でも使えるかもしれない」

「むっ」

俺の反論に悔しげな顔をしてエニは言葉を詰まらせる。

「もちろん、壊れてるぜ」

ジンがその壊れた帰還石を蹴飛ばす。

「何なら、同期しといて試しに帰還してみりゃいいだろ」

「ま、そうですよね。念のために質問しただけです」

と言いつつも、一応俺は帰還石に触れてから帰還をしようと試みるが、やはり何も起こらない。

「だよな」

うんうん、と一人頷く俺に、

「ところで、探偵二人」

とブラドが声をかけてくる。

俺だけでなくキジーツにも声をかけているはずだが、キジーツの方はまったく反応をしない。

「何です？」

「お前らは、それなりの力はあるとはいえ、探偵だ。純粋な戦闘要員じゃない。そこで提案なんだが、俺たちの荷物持ちをしてくれないか？　代わりに、俺たちがお前らを囲うようにしてダンジョンを探索する。どうだ？」

「いいですね」

ナイスだ。

キジーツが相変わらず反応しないが、俺は一も二もなく賛成する。何なら俺一人で持ち歩いてもいい。

確かに帰還石が使えないという理由で大半の人間が消耗品類を大量に持ってきていて荷物が多い。確かにこれでは戦闘力は半減だ。

それならそれを誰かが一括で管理すればいいというのは理にかなっているし、なによりも俺が戦わないでいい。超ラッキーだ。

「それでいきましょう」

「お、いいか」

もはやキジーツを無視して俺とブラドで話を進める。他の皆も特に異存はないようだ。

「地下七階にキャンプがある。まずは、そこまでを目指すぞ」

唯一、地下十階まで降りたことのあるブラドがそう言って音頭をとる。頼もしい。

これ、案外何のトラブルもなくするっといけるんじゃないか？

俺は、そんな楽観的な考えさえ過(よぎ)らせる。

見たことのあるトカゲのでかぶつだ。

「ポイズンリザード。単純な戦闘能力自体は大したことがないが、毒は人間を数秒で絶命させる、だったな」

ダンジョンに入るのは初めてらしく、物珍しそうに言うヘンヤのもとに、ポイズンリザードが数匹飛びかかる。

危ない、と声を上げるまでもない。

きん、という鍔(つば)鳴りの音だけを残して、腰に差した刀を抜く素振りさえ見せないうちに、その飛びかかったリザードの頭がころころと胴体から離れて転がる。

「苦手だな、こういう奴は」

臆病にも見えるくらいに警戒して後ろに下がるのはブラドだ。確かに、あの傷をものともしないごり押しの戦闘スタイルと相性は悪いだろう。

鉄の箱を背負っているのに、さらに背後を警戒するようにして、後ろに下がりながら背中を壁に寄せていく。

キジーツは荷物を持たないくせに戦う気もないようで、俺のとなりでぼんやりと立ち尽くしている。

「あっ、やばっ」

火薬らしき粉を振りまいて敵を丸焼けにしていたエニが、跳ねるようにして飛び退く。右ひじのあたりを押さえている。

「やられたのね」

が、飛び退いたエニにすぐにシロナが走り寄る。そのひじのあたりに金属製の注射器のようなもので薬を打ち込むと同時に、何やら魔術を使いだす。

「これで大丈夫」

「手早い。並の医師ではああはいかない。ポイズンリザードの毒を食らえば、死か、それを免れても数時間は動けないものだが」

長槍をするすると大して力を入れずに動かすようにしながら、数匹のポイズンリザードを串刺しにしてこう呟くのはウォッチだ。

「しかし、本当に地下一階からポイズンリザードとは。確かに、最高レベルの難易度のダンジョンに違いないな」

「だ、なあ」

感想を漏らすハントと、それに同意するジン。

二人は、さっきから剣を手にして、突出することもなければ退くこともせず、確実に一匹一匹ポイズンリザードを片付けていく。

心強いことこの上ないな。

俺は身体強化しつつ荷物を全身に持って安心する。

「ほいほいほいっと」

最後に残った数匹を、モーラがつるはしで殴り殺す。結構えぐい。

モンスターを倒して先に進むと、見たことのあるガラスのような壁がある。

「あ、一方通行の壁か。これも一階からあるのか」

俺は思わず感心する。

一方通行の壁のようなギミックは初級、中級のダンジョンなら終盤にならないと登場しないものだ。これがあることで迷路がかなり複雑化する。

これがいきなりあるということは、モンスターといい、このダンジョンはかなりの難易度だ。

「これ、潜ったら二度と地上に戻れないってことはないだろうな?」

嫌な顔をしてヘンヤが確認するが、

「だったらそもそも俺がこのダンジョンから生還してねぇよ。ちゃんと帰りの一方通行の壁もある」

と呆れたようにブラドが答えて、そうして俺たちはその壁を通る。

「おい、俺の背中に回るな」

集団で歩いている途中、エニが何の気なしに陣形を変えようとしたところでブラドが飛び跳ねて構える。

「うわっ、ごめん、そう言えばそうだった」

さっきからブラドは歩きながらも巧みに背中を壁に向けるようにしていたが、そこにエニが入り込んでしまったらしい。

敵はわからないでもないけど、味方にまで、それもあんな鉄の箱を背負いながらも背中を見せないようにするとは、慎重を通り越し、臆病を越えてもはや異常だ。

「こりゃすげえな」

一方、ジンは目ざとく宝箱を見つけて、その中身を改めている。

宝石を両手にもって、喜ぶよりも恐れている。

「どんな高難易度のダンジョンでも、入ってすぐの宝箱でこんなもんが手に入るなんて聞いたことがない。一体、このダンジョンは……」

唸(うな)るジンに、

「だからこそ、父上がこだわる理由もわかるというものでしょう」

ハントは涼しい顔だ。

さっき安心したばかりなのに、経験豊かなジンが危険を察知している様子に不安になってくる。

が、そんな俺の不安もよそに、何度かシロナの世話になりながらも俺たちのパーティーは危なげなく降りていき、ついに地下五階を越える。

このあたりから出てくるモンスターが変わる。ブラックスライム、ポイズンリザードといった組み合わせだったのだが、ブラックスライムとメタルクラブに変わる。

メタルクラブというのは鋼鉄の殻に包まれた蟹(かに)の化け物で、毒などはないがとにかく固いらしい。

「戦闘力自体はメタルクラブの方が高いな。いやらしさでは断然ポイズンリザードだが」

とはジンの言だ。

「ははは」

喜々として前に出て大剣を振るうブラドは、鋭いはさみが足や腕に突き刺さっても意にも介さない。殻ごと叩き潰すようにしてメタルクラブを屠(ほふ)っていく。

「ほらほら」

エニの炎の前では鋼鉄の殻も意味がなく、メタルクラブはスライムと一緒に高熱で茹(ゆ)でられたようになっている。

ウォッチ、ジン、ハントも堅実に敵を倒していく。

キジーッは相変わらず何もせず、ヘンヤは「刃が欠ける」とブラドと入れ替わるようにして後ろに下がる。

そうして、地下七階。

俺たちはキャンプに着く。

「荷物のうち、すぐに使いそうにもないものはここに置いとこうぜ。どのみち、今夜はここで夜を明かすだろうしな」

モンスターが突然出現しなくなった広間に着いて、そこがキャンプだと判明してからすぐにジンが指示する。

「荷物持ちさせとくのも気の毒だしな。それなりに実力はあるんだ。そろそろ戦ってもらわないとな」

にやりと目だけで笑って睨んでくるジン。

「げっ」

俺は肩をすくめる。

もう、何もしないキジーッのことを全員ほとんど無視している。

むかつく、というよりも、何を考えているかわからないから怖いのだろう。

「む、ウォッチがいないな」

ハントが剣を収めて眉をひそめる。

そう言えば、あの槍を持った長身が見当たらない。

「いない、だと？」

過剰とも言える反応をしめしたのはヘンヤだ。キャンプだというのに、刀の柄を握っている。

どうも、ヘンヤとウォッチの間にはただならないものがあるように見える。どちらもイスウの出身ということだが。

「戻った」

と、長槍を片手で軽々と持ってウォッチが戻ってくる。俺だったら、身体強化を限界までして両手を使ってようやく持てるような長槍をだ。

この男の剛腕は並じゃあない。遠くの敵を槍で突き殺すのはもちろん、懐に入り込んできたメタルクラブを、槍を巻くようにして槍の柄で砕き殺したところを見ている。

技量だけでなく、単純な力も優れているというのがわかる。

「どこ行ってたの？」

エニは袋に粉やら液体やらを詰め直す作業をしながら、目だけウォッチに向ける。

「先がどうなっているのか見ただけだ。この先には一方通行の壁と降りる階段しかない」

「あまり単独行動をしないでもらいたい」

ハントがくぎを刺すと、ウォッチは無言で頭を下げる。

「もう、怪我人はいない？　どんな小さな傷でも見せて。そこから病になったり、毒になったりするから」

薬や色々な器材を取り出して小さな、しかしよく通る声を出すシロナ。

「大丈夫だろ」

そう言うブラドは、キャンプについてからも、他のメンバーからは距離をとって一人、壁にもたれかかるようにしている。

ある意味で、キジーツよりも浮いている。そこまであからさまに他人を信用しないという態度をとるなんてと思うが、他の誰も妙な顔をしないということは、ブラドにとっての普通なのだろう。

まあ、妙な奴だ。

というか、妙な奴らばかりなんだけど。


何かあったらすぐに引き返す、という条件で俺たちは地下八階の下見に向かう。

「モンスターは相変わらずメタルクラブとブラックスライムか」

呟きながらエニが鋼鉄の蟹を蒸し焼きにしていく。

俺はそんな芸当はとてもできないので、エニの逆に氷魔法で攻撃する。蟹の全身が薄く氷で覆われていくが、動きが鈍くなるだけだ。しぶとい。

「ひゃー凄いね、専門でもないのに、無詠唱でそのレベルなんて。マーリンの後継者って噂もあながち単なる噂じゃないのかな」

大げさに驚きながら、モーラがそのメタルクラブの甲羅を叩き割る。

「おっと、どうも、助かりました」

「謙虚な子だねー」

見た目が少女のモーラに子、と言われるとかなりの違和感があるが、多分年上なんだろうと納得する。

「おい、お前ら、俺に背中から近づくな」

気づかないうちに俺とモーラはブラドの背中に近づいていた。そして、それを振り返りもせずに察知するブラド。

「ああ、ごめん。うち、うっかりしてた」

素直にモーラは謝って飛び退く。

「相変わらず神経質ねえ」

とこっそりと俺にだけ耳打ちする。

「古い付き合いなんですか、ブラドさんとは?」

「ま、うちが駆け出しのディガーだった頃からね。あのときは、自分が冒険者になるなんて思ってもなかったなあ」

「へえ」

「けど、考えてみればいずれ冒険者になるのは決まってたのかも。だって、そもそもディガーになったのだって、掘り出したかったからだし」

「宝を？」

「ううん」

モーラはにっと笑って、

「夢を」

「ずいぶん、ロマンチストですね」

「二人とも、仲よさそうね。こっちが必死でモンスター退治してるときにおしゃべり？」

いつの間にかモンスターは全滅して、俺とモーラを見てエニの目じりがぴくぴくと痙攣（けいれん）している。

やべっ。

「いいじゃないか、サボってくれた方が、俺の斬る分が増えて助かる」

そこに意外なところから助け舟が出される。いや、助け舟か、これ？

ヘンヤだ。刀身にへばりついたモンスターの体液を刀を振って落としている。

「何、あんた、そんなにモンスター斬りたいわけ？」

口出しされたのに怒ったのか、モーラが皮肉な口調で返すと、

「それも修行だ」

にこりともせず、冷たく粘ついた目でヘンヤが言う。

そのヘンヤを、後ろからウォッチが無表情に眺めている。

「君たち、それより、ここを見てくれ」

妙な雰囲気になった俺たちに、ハントが声をかけてくる。ジンと何やら相談しながら、しきりに前にある一方通行の壁を見ている。

「どしたの？」

モーラが小首をかしげると、

「この先、どう見ても一本道なんだよ。で、先には階段が見える。ってことは、この一方通行の壁を通ったら、そのまま地下八階に行くしかないってことか？」

ジンが疑問を口にする。

一人、いつの間にか既に離れて壁に背中を預けていたブラドが、

「ああ、そこか。そこは確かにそうだ。地下八階にいったん降りないと戻れない構造になってい

る」

「一度降りてから別の階段から上がるってことか？　けど、ここ以外に階段なんて」

「ジン、冗談だろ、お前、何年冒険者やってるんだ？　そっちの階段から上がったら、一方通行の壁がすぐにあるんだよ」

そうか、あの壁は通れる方からは半透明。逆からはただの壁だったな。それじゃあ、そっちの階段が隠されていてもおかしくはない。

「ブラド。この下はどうなっている？　すぐにその階段から戻れる構造になっているのか？　モンスターは？」

矢継ぎ早にハントが情報を確認しようとするが、

「さあて、どうだったかな。このダンジョンに潜ったのはかなり以前だし、はっきり言ってよく覚えてない。地図作成担当者が六階で妙な死に方したせいで、地図も残ってないしな」

地図、と言われてはっとする。

そう言えば、地下五階まではハントが地図を確認しながら潜ってきた。だけど、五階より先は地図がないのか。だとしたら、攻略しながら地図を作成しないと。

「ちなみに今このタイミングでなぜか慌ててる阿呆(あほう)がいるが、地図は俺が作ってるからな」

ジンが横目で冷ややかに俺を見下す。

「ああ、さすが万能の冒険者。地図作成能力も高い君がいて助かっている」

如才なく持ち上げてから、ハントは懐中時計で時間を確認する。

「ふむ、やはりここはキャンプに戻って、明日改めてここから先に向かうということにしよう」

依頼主の代理人であるハントの意見に誰も逆らうことはなく、そうして引き返すことが決まる。

ふと、キジーツを見る。相変わらず動じる様子もなく、ただただ皆の動きに従っている。

目が合う。そして、俺は怯えて目を逸らす。羽飾りの間から見えた、キジーツの目。不思議そうな目だった。屋敷で蜂蜜酒を飲んだときのような。

だが違う。ようやくわかった。不思議そうに見えたのは、あの目があまりにもまん丸く見開かれていたからだ。しかし、あれは見開かれているんじゃあない、あの状態が通常なんだ。

あれは、人形の目と同じだ。丸い、ガラス玉の目。

キャンプに戻ると、手慣れているジンの指揮のもとで俺たちは働かされる。

といってもテントの設営や、たき火の準備、そして簡単な調理くらいだ。火は専門家だけあってエニがすぐに準備をして、その火を使って携帯食糧を煮て作ったおじやのようなものがすぐに出来上がる。薬の調合のように真剣な目をして水と携帯食糧の分量を確認していたシロナが少し面白い。

「よし、じゃあ食事にするか。ハントは、貴族様だからこんな粗末なもんは口に合わないか？」

ジンが頬を歪めるような笑いを浮かべると、

「馬鹿な。確かに貴族ではあるが、一応は冒険者なんだ。むしろ食事が温かいだけでもありがたいということくらいはわかっているさ」

苦笑してハントがたき火のところまで寄ってくる。

「せめて食器くらいはと思って、家のものを持ってきた」

ハントが荷物袋から取り出したのは銀のお鋺だ。

「ひええ、豪華」

モーラが背筋を伸ばす。

「キジーツ、ブラド、一緒に食べようよ」

既にその二人以外は全員たき火を囲むようにしている。

エニが誘うと、二人もゆっくりと近づいてくる。

「俺の使う鋺は、これだ」

ブラドは、近づいてくるなり、無造作に数多くある銀の鋺の中から一つを掴み、

「俺が自分でよそう」

と鍋からおじやをよそう。

鋭い目でそのおじやを、そして一瞬のうちに俺たちの顔色をうかがいながら。

いきなりの行動にぽかん、とするが、一瞬遅れてその行動の意味が理解できて、俺は震える。

毒だ。

こいつは、俺たちに毒を盛られることを警戒しているんだ。

キャンプで、仲間との食事。ダンジョンの中で唯一といっていい心安らげる時間のはずだ、本来ならば。

それを、ここまで警戒するなんて。

一体、こいつはどんな経験をしてきたのか。

だがそんなブラドの態度には慣れているのか、誰も動揺することもなく、最初にブラドが始めたやり方で全員が食事をよそう。

シロナ、エニ、ハント、ジン、モーラ、キジーツ、ヘンヤ、ウォッチ。

「あれ？」

遠慮して最後まで待っていたら、俺の分の鋺がない。

「ああ、済まない。鋺の数が足りなかったな。まあ、一人なら大丈夫だろう」

とハントが意味不明なことを言う。

「え？」

「直接鍋から食べればいいいじゃないか」

というわけでなぜか俺だけ、でかい鍋にスプーンを突っ込んで食べることになる。

「いただきまーす」

とモーラが先陣を切ってがっつきだす。その小さな体のどこに入るのかという勢いでおじやを食べていく。

俺も食べ始める。ううん、味が薄い。贅沢は言えないが。

ブラドは全員が口をつけたのを見てから、ようやく食事を口に運ぶ。

どこまでも慎重な奴だ。

食事は滞りなく終わり、食器を洗うのは俺の役目になった。

理由は簡単で、水と風の魔術については俺が一番うまく扱えるからだ。

もちろん、貴重な飲料水を無駄にするのではなく、ダンジョン内の水分を集めて、汚れを少量の水と一緒に風圧で削ぎ落とすようにして洗う。

魔術が得意だ、というのをこんな形で役に立てるというのが少し情けないが。

さて、後片付けも終わり、シロナの薬の調合やモーラやヘンヤの武器の手入れ、エニの火薬の詰め直し等が終わり、誰もが寝床につくことになる。

男女に分かれてテントに入ろうとする時点で、俺は目を見張る。

ブラドは、テントの中にある寝袋に向かおうとしていない。キャンプの片隅に、背負っていた鉄の箱を下ろしている。

「な、何を？」

思わず俺が訊くと、

「寝床の準備だよ」

平然と答えると、ブラドはその鉄の箱を、まるで棺のようなそれのふたを開ける。

大剣を箱の傍らに置くと、その中にブラドが潜り込む。棺のような、というよりも、棺だ。

「そ、そ、それって」

それきり、俺は何を言っていいかわからず絶句する。

「分厚い鉄の箱だ。おまけに、中から鍵がかけられる。一人用の要塞だ。寝首をかかれる心配もない」

不敵に笑うブラドの、その猜疑心警戒心の異常さに俺はたじろぐ。

「く、空気も入らないから窒息死するんじゃない？」

ようやく出たのはそんな質問で、

「空気穴くらいはある。もちろん、そこから攻撃なんてされないように込み入った構造になっているから心配するな」

そしてブラドはふと表情を殺して、

「ヴァン。俺を殺そうと冗談でも思うなよ？　その素振りの欠片でも見せたら、俺はお前を殺す」

無言で、俺は逃げるようにテントに入る。

「ん、どうかしたか？　顔色が悪いぞ」

皆で雑魚寝をするようになっている。

寝袋の中にまで刀を持ち込み、抱くようにしているヘンヤが俺の顔を見て言う。

「い、いや、ブラドさんが変な寝方するから、驚いてさ」

「ああ、あれは昔からだ。寝ている間も安心できないんだろう」

かつて弟子だったハントが何でもないことのように言う。

ふと見れば、あの羽飾りのまま寝袋に包まれて、キジーツが既に寝息をたてている。

それで、何だかびびってしまった自分が急にバカバカしくなってくる。

「ああ、俺も寝ようかな」

「そうしろ。明日も大変なんだからな。このペースなら、明日はとうとう地下十階、ブラドが行った行き止まりの地点まで進むことができる」

鎧を脱ぎ終え、簡単な服装になったジンが寝袋に潜り込む。

「楽しみだ」

ぽつりとハントが言って、それきりもう誰も喋らない。ウォッチももう寝ているらしい。

これ以上起きていても体力を無駄に使うだけなので、俺も眠ることにする。

女性陣はまだ起きているのかな、なんてことを思いながら意識を手放す。


朝になり目を覚ます。

といっても、朝日が照らすわけでもなく、自然と目を覚まして時計で確認したらもう朝だったというだけの話だ。

その時点で数人が目を覚ましたらしく寝袋の中でもぞもぞしており、

「起きるか」

自分に言い聞かすように呟いてハントが寝袋から出た時点で、俺を含む全員が目を覚ましてハントに続く。雇い主側のハントが起きたのに俺たちがずっと寝ておくわけにもいかない。

テントを出ると、既に女性陣は全員起きていたらしく、エニがおこしたたき火を囲んでお湯を沸かしている。

俺たちも一緒にたき火を囲む。

「目が覚めるわ」

とシロナから男性陣に手渡されたのは、そのお湯で作られたコーヒーだ。

この世界のコーヒーは舌触りはざらざらしていて、妙に水っぽく、それでいて涙が出るくらいに苦い。だがその分、目覚ましには最適だ。

　俺たちはありがたくもらう。

　女性陣はもう既に全員が飲んでいるらしく、そのせいか元気だ。

「だから、わかってないわね。夢は夢のままにしとくのがいいの。謎を全部解いたら面白くないでしょ。うちが子どもの頃に読んでたお伽噺は、お伽噺のままにしとくべきで、真実なんて探らない方がいいって」

「はああ!?　冒険者の風上にも置けないわね。いい、この世の全てを解き明かそうとするのが冒険者よ。前人未到の迷宮があったら飛び込んで攻略して明らかにする。これが冒険者でしょ」

　エニとモーラが冒険者論か何かで熱く言い合ってるのを見ながら、俺はその苦い液体で目を覚ます。

　キジーツは相変わらずのガラス玉の目でコーヒーを不思議そうに見ている。

　他の皆が黙ってコーヒーを飲んでいる中、ジンがふと俺に目を向ける。

「そういや、ヴァンは貴族になってどうなんだ?　何か変わったか?」

「家族から、妹が調子に乗ってるって手紙が届いたな」

　実感できるのはそれくらいだ。

「ふむ、実際、貴族の名だけでは何もできないからね。むしろ重荷になるだけだ。力がなくては」

思うところがあるのか、ハントがコーヒーを目を閉じて味わいながら頷く。

「おい」

それまで、コーヒーを飲みながらウォッチの方をちらちらとうかがっていたヘンヤが声を出す。

「ブラドを起こしてやれよ」

「ああ、それもそうだ」

ハントがぽんと手を叩く。完全に忘れていたらしい。

こういうときは若輩者が行くべきだろうと思ってエニを見ると、今度はモーラと恋愛論みたいなのを語り合っている。ありゃだめだ。

仕方ないので俺が立ち上がり、隅にある鉄の棺に寄る。

「朝ですよ、コーヒーあるから、ほら」

声をかけるが、反応がない。

仕方ないので、今度は蓋をこつこつと剣の柄で叩く。

「起きてください、おーきーてー」

まったく、反応がない。

妙だな。

もしや空か、と思って蓋を開けようとするが、開かない。鍵がかかっている。

「どうした？」

手間取っている俺を見て、ジンが近づいてくる。

「いや、起きなくて。中にいるみたいなんだけど」

「ああ？」

首を捻ってジンは、

「よっ」

と気合を入れるとその鉄の棺を抱き起こす。

「おっ、とっ、こりゃ、確かに、中にいるな。おーい」

そしてゆさゆさと箱を揺する。だが、反応がない。

そのときには、たき火の近くにいたキジーツ以外の全員が俺たちの周りに寄ってきていた。

「起きないのか？」

「いよっと」

ジンはハントの質問に答えず、抱えていた箱を地面に落とす。ずん、と音を立てて箱が落ちるが、それでも中からは何の反応もない。

「妙だな、いくらなんでも」

ウォッチがぽつりと言って、

「誰か、魔術の得意な、そうだ、エニ」

「え？」

「軽く炙(あぶ)ってみろ。熱気なら箱の内部にも伝わるだろう」

と、とんでもない提案をする。

「そうね、やってみましょっか」

腕まくりをして乗ろうとするエニもエニだ。

「よして」

さすがに医術師のシロナが止める。

モーラの確認に、

「中にいるのは確実なの？」

「ああ、間違いない。重さと、それから箱を揺すったときに、中の何かが揺れる感触がした」

ジンは断言する。

「しかし内部からの鍵か、厄介だな」

目を細めるハントとは対照的に、ジンは大あくびをしてから、

「エニ、火薬は余分にあるだろ」

「え、ええ」

「無理矢理こじ開けるぞ」

「無理よ、そんなの。錠の場所がわからないじゃない」

確かに、どこでロックされているのか、外部からはわからない。

「ここだろ、多分」

とジンは棺の頭側にある蓋と箱の隙間の一部を指さす。

「どうしてわかった？」

ウォッチが本当に知りたいと思っているのかわからないような無表情で訊くと、

「さっき、揺らすときに蓋の方もこじ開けようとしたんだが、そのときの感触でな。鍵のかかった箱を開けようとするのはこれが初めてじゃあない。経験則だ」

得意げなジンに、前の事件で聖堂の扉をこじ開けたときの記憶が蘇る。

「よし、じゃあ、いっちょやってみますか」

エニがいそいそと火薬を準備する。目が輝いている。やっぱり、爆発させるのが好きなのかもしれない。

「ここだな」

と、ヘンヤがふらりと鉄の箱に近づくと、居合で刀を抜き放つ。

俺の目にはただ単に刀を抜いただけにしか見えなかったが、きん、と高い金属音がした。

「む」

そして、ヘンヤは自分の刀の刀身をまじまじと見つめた後で、

「どうも、もう一ヵ所、留めてあるらしいな。感触からして逆側……ここか」

と逆側に回ってからもう一度、刀を振るう。

がきり、と今度は重い音がする。

誰もがぽかんとしている中、ヘンヤは悠々と刀を鞘に収める。

いや、ウォッチがそのヘンヤの刀の扱いを、凝視している。ただ一人、まるで驚くことなく、実験結果を確認する研究者のように。

「開いたぞ」

何でもないことのように言うヘンヤに促されて、ジンは恐る恐る蓋を摑んで、持ち上げる。持ち上がる。

そして、箱は開かれる。

そこには、寝ているようなブラドが、だが決して寝ているとは思えない血の通っていない肌をしたブラドがいる。

「嘘でしょ、こんな、どうなってるの?」

即座に反応したのはモーラだ。

血走った眼でハントを見る。

「どういうこと？」

「さあ、こっちが聞きたい、が」

ハントは口元を隠す。だが隠すその手が震えている。

目が、モーラを睨み返している。

「死んでる、の？」

茫然としたエニの疑問に、答える人間はいない。

刀の鯉口を切ったヘンヤは眠ったように目を細くして、ウォッチを観察している。ウォッチはそれを気にすることもなく、ブラドの死体を凝視している。

キジーツはようやく、いつの間にか俺の近くに寄ってきていた。

相変わらずの目でブラドを見て、

「毒か」

と呟く。

それにシロナははっと顔を上げて、

「毒、そうよ、毒よ。これは、毒殺」

「毒だと？　いや、そうか、外傷は見たところないようだし、毒だろうな」

ジンが納得したところで、

「ガスじゃないかな、毒ガス。それなら、この箱の中にも入る」

俺が言ってみるが、

「だめだ、それじゃあ。誰が毒ガスを撒くんだ？　そもそも、誰かが夜中に抜け出せば気づいただろう。男と女に分かれてテントの中に一緒にいたんだぞ」

ジンの反論に返す言葉がない。そうだ。ブラドが棺に入った後で毒で攻撃するというのは少し無理がある。だとしたら。

「あの、食事？」

訝しげにシロナが言う。その表情は、自分で自分の発言に納得できていないことを表している。

「遅効性の毒をあの食事のときに盛られた、か。ありえるのか、そんなこと？」

唸るように言うジンに、

「食器はブラドが自分で決めていたし、自分でよそっていた。食事は全員で分けて食べたし、ヴァンに至っては直接鍋から食べていたな」

寡黙なウォッチが珍しくよく喋る。

「じゃあ、あの食事じゃないってことか、別の機会に毒を盛ったってことだ」

ジンの発言に、それでもシロナは訝しげに、

「そんな機会があった？　それでなくても、ポイズンリザードがいたから毒には神経質になって、私がこまめに治療していたのに」

「その治療で毒を盛ったのかもしれない」

ぼそりと、しかし全員の動きを止めるような衝撃的な発言をするのは、キジーツだ。何の感情も籠らない目で、茫然とするシロナを眺めてから、

「あるいは、やはり食事に盛られたか」

「き、キジーツ」

ようやく、俺は彼が言いたいことを理解する。

「つまり、お前は」

「ブラドでなくても、誰でもよかったのかもしれない」

無差別殺人、という説を出して、それきりキジーツは沈黙した。

いや、無差別殺人だとしても、犯人自身もその毒を喰らう可能性がある。ありえない。待てよ、解毒剤を犯人が持っているとしたら、犯人なんだから持っていることは十分にありえる。でも。

考えがぐるぐると回る。

「ヴァン、キジーツ、君たち探偵が調査を頼む。シロナは死体を検分してくれ」

混乱しつつある俺たちを青白い顔をしながらも動かしたのはハントだ。

若いながらもさすがはトレジャー家と思える威厳で指示を出して、そして頭を抱える。

「神よ、こんなバカな、こんなはずじゃあなかったんだ。何かが狂っている」

呻くハントに、誰も声をかけられない。

シロナの見立てで、ブラドは間違いなく毒殺されたとわかった。毒となれば一番に自分が疑われるとわかったうえでの見立てなのだから、かなり信頼はおけると思う。

毒の種類までは特定されていないが、遅効性の毒だろうとは全員の意見の一致したところだ。どうにかして、あの鉄の箱に入る以前にブラドにその毒を喰らわせたとしか思えない。

だが、その方法に関しては誰もが首を捻った。俺もそうだ。

あれだけ味方に対しても警戒していたブラドに、どうやって毒を？　あの食事のときも毒を仕込んでおく手段があるとは思えない。

あるいは、やはり無差別なのか。

「シャドウが、箱の中に侵入して毒を打ち込んだのかもな」

冗談混じりのジンの発言に、誰も笑おうとはしない。

「冷静に考えよう。我々の中に犯人がいるとは限らない。あるいは、誰かが我々以外にこのダンジョンに踏み入って、このキャンプまで来たのかもしれない」

ハントが場をまとめようとするが、その案はいくらなんでも無理がある。

「一人で、ですか？　いくらなんでも自殺行為でしょう、帰還石もないこのダンジョンに一人で降りてくるなんて。危険すぎます」

エニがすぐに反論し、

「もし複数人で降りてきたとしたら、いくら俺たちが寝ていたとしても誰かしら気づくだろ。いや、一人でも、少なくともブラドは気づくんじゃないか？　あれだけ警戒する奴なんだ」

ジンもそれに同意すると、ハントは黙る。

「俺が保証しよう。寝ている間に誰かがキャンプに侵入したということはない」

そこに、ヘンヤが重ねる。

「どういう意味？」

シロナは訝しげな顔をするが、

「そのままの意味だ。誰かが入ってきたら、俺は寝ていようとも気づく。絶対にな」

自信ありげにヘンヤが言う。

俺は刀を抱いて寝ていたヘンヤの姿を思い出す。大げさではないかもしれない。

「ねえ」

まっすぐにハントを見据えて、モーラが口を開く。

「それで、ダンジョンの攻略はどうするの？」

はっとする。

そうだ、こんな状況になってしまったが、果たしてどうするつもりか？

依頼主の代理人でもあるハントに全員の視線が集中する。

ハントはしばらく目を閉じて何やら考えていたが、

「進む。もとより、ダンジョンの攻略で犠牲が出るのは珍しいことでもなんでもない。ブラドの死に方は異常だが、だからといって一人の死で攻略を諦めるわけにもいかない。父上にも報告できない」

苦渋の色を濃くしながらも、ハントが決断する。

「もっとも、今の時点でブラドの死の謎を解いてくれるなら、それに越したことはないが」

そうしてキジーツと俺に視線が向けられるが、両者とも無言。

何も、謎を解く糸口すら見つからなかった。


五階より上とは違い毒を気にしなくてもいいせいか、それとも休息を挟んでこのダンジョン自体になれたためか、キャンプからさらに潜るのはこれまでの道のりよりもむしろ楽だった。

ダンジョンの道のりよりも問題なのは、ブラドの一件から明らかにパーティー内部に発生している暗雲、つまり疑心暗鬼だ。

誰もがお互いに距離をとっている。とはいえ、協力せずに楽々と進めるようなダンジョンではないから、お互いに一応の協力はしている。だが、薄皮一枚下に互いを信頼していないのが透けている。

協力している、というのはキジーツを除いてだ。彼だけは、超然と佇んでいる。

「さて、もう地下八階か」

ハントが確認するように呟く。

「ここからキャンプに戻ろうとしたら、別の階段を使わないといけないのよね」

昨日のことを思い出したのかモーラが尋ねると、

「ブラドがそう言っていたが、さあて、どうしたもんかね」

ジンは唸る。

よく考えてみれば、地下五階以降に潜った唯一の生き残りである、つまり地下十階までの水先案内人であるブラドを失ったのは痛い。唸りたくもなる。

「どちらにしろ、一階一階地図を仕上げてから降りていくという方針に変わりはないだろう。どの道、そうしていくしかない」

ウォッチが槍を構え直して、

「幸い、俺たちが協力すればこのあたりのモンスターならば危なげなく倒せる」

「その意見には賛成だ。毒を気にする必要もない。医術師を信頼できなくてもそこまで問題はないな」

皮肉めいたヘンヤの言葉に、シロナはちらりと目をやるだけだ。

「やめなよ、そういう言い方」

モーラが割って入るが、雰囲気は悪いままだ。

チームワークは最悪だが、それぞれの能力が高いためか、そこまで苦労もせずにどんどんと地下に降りていける。あれよあれよという間に、俺たちは地下十階、かつてブラドだけが到達して生きて帰れた地点にまで進んだ。

「モンスターの顔ぶれは変わらなかったな」

ジンの分析に、ハントも頷いて、

「大体のダンジョンでは四階から六階ごとにモンスターが切り替わるらしい。この地下に降りたところで更なる強敵が出現すると考えた方がいいかもしれない」

顔色は悪いが、それでも努めて平静に判断をしようとしているのが見て取れる。なかなかどうして、肝の太い男だ。

「問題は、かつてブラドが言ったところを信じれば、ここより地下に降りる階段が容易には見つからないということだが」

「どっちにしろ、とりあえずこの階を攻略して地図を作成するべきじゃないか？」

冒険者としての経験がないためか、少し自信なさげにヘンヤが言う。

「だな」

だが、まったくもって合理的なヘンヤのその提案にジンが賛成する。

そして、俺たちは地下十階を回るが、すぐにその探索は終了する。別に、これまで以上に攻略が手早く進んだわけではない。ただ単に、探索すべき範囲がこれまでに比べて狭かったためだった。

「むう、やはり、階段どころか、道がないな」

唸るジンは、

「何かしら仕掛けがあるんだろうが、しかしそれにしても調べられる範囲が少ないな。この階、狭すぎる。隠し通路があるのだとは思うが」

と続ける。

「ともかく、この階をしらみつぶしに調べるしかないか」

諦めた表情をするヘンヤに、

「待って、この階とは限らない」

と異を唱えるのはシロナだ。

「どういう意味だ、シロナ？」

ハントの質問に、

「単純。これまでの階に、隠された階段があって、そこから降りて十階に来ないとそれ以上潜れない仕掛けなのかもしれない」

シロナの発言に、む、と全員が意表を突かれたように黙る。

そうか、そういうパターンもあるな。さすがは冒険者。

「なるほど、つまりこの階にどう調べても何もなかった場合、戻って上の階もしらみつぶしに調べる必要があるわけか」

苦りきった顔をするハント。

「いっそのこと、手分けをしたら？」

とモーラが提案する。

「何？」

「だって、はっきりいってこれまでの階なら、全員じゃなくて、三、四人ずつでパーティー組んでもこのメンバーなら危険はないでしょ。そっちの方が効率よくない？」

「だが」

まだ迷うハントに、モーラが重ねる。

「このダンジョンが未知だからこそ、慎重に慎重を重ねて、これだけのメンバーで常に団体行動してきたけど、今まで攻略してきたとこには別に未知はないじゃん。効率的にいこうよ」

「ふむ、そうだ、な」

一理あると思ったのか、ハントが俺たちを見渡す。

「どう思う？」

だが、誰も意見を返さない。俺も何も言えない。

確かにモーラの言うとおり、これまで通ってきた道のりに未知の危険はないと考えれば、二手に分かれるのもありかもしれない。

しかし、誰も指摘しないが、そして俺もわかっていながら指摘できないが、未知の危険はある。

ブラドが謎の死を遂げたのだから。

それを口に出せば、危ういところでバランスを保っているこのパーティーが完全に崩れる気がして、俺も、そして誰も言えないのだ。

「メンバーはどう分けるつもりだ？」

意外にも乗り気らしいのはジンだった。

経験豊富だからこそ、このメンバー、この人数でぞろぞろ歩くのが非効率的だと思ってずっとうんざりしていたのかもしれない。

「そうだな、一方のリーダーは経験豊富で何でもできるジンにまかせよう。その代わり、ジンは冒険者としての経験が浅いメンバーと組んでほしい」

「ってことは、探偵たちとヘンヤか、別にいいぜ」

鷹揚にジンは受け入れる。

「ああ、待て」

ハントは唸り、眉を寄せて、

「それでは万が一があるな。やはりエニとウォッチも君のチームに入れよう」

「じゃあ、そっちはハントとシロナ、モーラだけか？」

「ああ、こちらは上の階を調べるつもりだからシロナは必須だ」

ポイズンリザードがいるものな。

「そりゃ不安だな。せめてヴァンくらい持っておけよ」

「おい」

おまけみたいな扱いにむかつく。

「冒険者じゃあないが魔術の腕はなかなかだし、何よりも探偵だけあって頭が切れる」

「お、おう」

突然褒められるので照れる。

「そう、するか」

一瞬悩んだ後、ハントはそう結論を下す。

こうしてパーティーは二手に分かれることになる。

ハント、モーラ、シロナ、俺というパーティー。

ジン、ヘンヤ、ウォッチ、エニ、キジーツというパーティー。

キジーツはほとんど戦力外だから、実質四人ずつか。

俺たちはここから上に、ジンたちはこの階を徹底的に調べることになった。

俺が凍りつかせたスライムを、ハントの剣が危なげなく砕く。

あるいはメタルクラブをシロナが魔術であしらっている隙に、モーラのつるはしが潰す。

結構いい調子だ。

二手に分かれてから一時間。俺たちは地下九階まで上がって探索を続けていた。

「さすがジンの推薦だ、冒険者に転身したらどうだい？」

あからさまなハントの世辞に、俺は曖昧に笑う。

「しっかし、何も新しい発見がないわね」

モーラが疲れた息を吐く。

「ああ、そうだな。とりあえずキャンプまでは戻ってみるか」

ハントの言葉に、全員頷く。そこのあたりがきりがいいだろう。

「ヴァン、少し話が」

と、ハントに手招きされて俺は何事かと近づく。

「ブラドの件、どう思う？」

声を潜めて、そんなことを問いかけてくる。

モーラとシロナは何事かとこちらをちらちらと気にしている。

「探偵として、何か思うところはないか？」

「いや、申し訳ないですけど、今のところ何も」

本当に見当もついていないので、正直にそう小声で答える。

「外傷がないのは確かだ。シロナの見立てを別にしても、違うか？」

「それは、確かに」

外傷は見つからなかった。

「毒にしろそうでないにしろ、そんな手段でブラドを殺せるという意味では一番怪しいのは誰かわかるか？」

「ええと、つまり」

ハントの言ってほしい名前を思いつく。

「シロ、ナ？」

「そうだ。人体の知識が豊富な彼女が一番怪しい。君には、シロナをさりげなく調べてもらいたい」

「ああ……」

言っていることはわからなくもない、が。

「無理でしょう。今、俺とハントさんで密談してるからモーラとシロナも明らかに怪しがってますよ」

「なに、それについては心配することはない」

そう言うと、ハントは俺から離れてから、

「モーラ、ちょっといいか」

と今度はモーラと密談を始める。

ははあ、とその意図に気づく。

こうやって全員と密談を、あえてわかるようにしとくのか。木を隠すなら森、とは言うが、かなり乱暴な手だな。全員が全員を疑って終わりだろうに。

思っているうちに、今度はハントはシロナと密談を始める。

一体、俺以外とはどんな話をしているんだろうかと気になる。が、訊くわけにもいかない。教えてくれるわけもないし。

ダンジョンを探索しながら、それぞれに持ちかけた密談から話を逸らすためか、ハントはぼそぼそと自分が冒険者になった経緯を話しだした。

「父のベントは商人で貴族だ。そして、辣腕は国中に聞こえている。普通のことをすれば、父に勝てるはずもない。金を稼ごうが権力闘争をしようが、父以上にうまくできるとは思えなかった」

「だから、冒険者に？」

興味をひかれたのか、シロナが訊く。

「別に奇をてらって、というわけじゃあない。父の商売上、子どもの頃から、冒険者と触れ合う機会は多かった。ブラドを師として冒険者になって仕事を手伝いたいと言ったら、父は大喜びで賛成してくれたよ。もちろん、それは別として冒険者というのは魅力的だ。危険に満ちたダンジョンを攻略してモンスターを倒して宝を手にする。男なら憧れないわけがないだろ？」

「ま、そうですね」

同じ男としてふられ、俺も同意する。

確かにそれは同意せざるを得ない。男の子はそういうのに憧れてしまうものだ。

「そこら辺、やっぱり女の子のうちとは感覚が違うわねえ」

笑い混じりにモーラが口を出す。

「女の子って歳じゃあ、いや、何でもない」

怯えたようにハントは話を変えて、

「感覚が違うというのは、どういう意味だ？　君も冒険者だろうに」

「うちの場合、謎とか不思議とか未知とか、そういうのに触れるためにダンジョンに潜ってるから。攻略するとか謎を暴くとか、そういう攻撃的というか侵略的なのってやっぱり男性的だわ」

「今のは、謎解きを職業にしているヴァンも敵に回したと思うが？」

「いやあ、探偵は謎を解くというか、謎を解いたと人を納得させる職業ですけど」

言っているうちに地下八階の上り階段の前に着く。

「ここ、違うでしょ」

シロナがぼそりと言って、俺たちははっとする。

「ああ、そっか。こっちの階段を行っても、一方通行の壁があるだけか」

そう言えばそんな構造だった。そしてこっちからは逆方向だから、ここから上がってもどこにも行けない。ただの行き止まりだ。

「そうか、もう一方の階段に行かなければ」

そこまで言ってから、ハントは黙り込む。

「どうしたの？」

不審げなモーラに、

「いや、隅々まで調べるべきだな。この上も一応調べておこう。ただの行き止まりだろうが」

「ああ、そうする？」

そしてモーラとハントを先頭に階段を上がろうとしたところで、

「シロナとヴァンは一緒に来なくていい。この程度、全員が調べるまでもないだろう」

「だけど、それなら私たちはどうすればいいの？」

当然のシロナの質問に、

「先に行っておいてくれ。すぐに追いつく」

ハントはそう言って、モーラと共に階段を登っていく。

俺とシロナは顔を見合わせた後、仕方なくもう一つの階段に向かう。

正直なところ、まったく納得できなかったが、さっきの密談のことがひっかかり、これもハントの何らかの思惑があってのことかもしれないと思って従うことにした。

幸いなことに、モンスターとは遭遇しなかった。

しばらく無言で歩いていたが、やがて気まずくなったのと、どうしても違和感が拭えなかったので、

「あの、シロナさん」

「何？」

こちらを向きもせずにシロナが答える。

ふと、ひょっとして二人きりにして俺にシロナを探れということなのかと思うが、だとしたら虫のいい話だ。逆に、二人きりになって俺が殺されたらどうするんだ。

「その、冒険者じゃないんでよくわからないんですけど」

「ええ」

「先に行ってろってハントさんの指示、おかしくないですか？」

どう考えても、意味がわからない指示だ。

「後から追いついてくるにしても、その間二人と二人にわかれるなんて危険でしょう？　別に俺たち二人が先に行ったら効率がよくなるわけでもないし」

少なくとも、俺の知識のうえでは、あそこで待たずに俺たちが先に進むことはデメリットしかないように感じる。冒険者としての考え方、知識があったらまた別なのかと思っていたが。

「やっぱり、そうよね」

ぴたり、とシロナが足を止める。

「ねえ、ヴァン。あなた、ハントと何を喋っていたの、あのとき？」

「え？」

あのときというのは、当然あの密談だろうが、しかし。

「い、言えるわけないでしょう」

「そうね。なら、私から話すわ」

「え？」

「私は、既に名声を得ている探偵、ヴァンが今回の件に参加するのはおかしい、調べたいことがあるから自分から遠ざけてくれ、そう頼まれたわ」

「ああ、なるほど、そんなことを、言っていたんだ、ハントさん。え、でも、それ、俺に教えていいんですか？」

混乱しつつもそう返すと、

「いえ、だとしても、さっきの話はおかしすぎると思って。頼まれたから黙ってヴァンと二人で来たけれど、やはり、おかしすぎるわよね」

「あ、ああ」

もう、誰を信じていいのかわからないが、何かがおかしいのは確かだ。

俺を騙して自分から切り離すにしても、もう少しうまいやり方があるはずだ。一発で俺に不審がられるような口実を、どうして。

「あ」

不審がられても、俺にシロナを調査するように頼んでおいたから、何かあるんじゃないかと思って一応は従うことまで計算にいれたのか？

あるいは、シロナの側もそうかもしれない。

つまり、どんなに強引でもいいから、ハントとモーラの二人きりになりたかった、とか？

あの場所、あのタイミングで、二人きりに。

「あの二人、遅いですね」

あの上の狭い空間を調べるだけなら、ほとんど時間なんてかからないはずなのに。

「そうね」

無言で顔を見合わせる。

二人きりになったハントとモーラ。ハントの密談。まだ来ない二人。

嫌な予感だけがする。

例えばモーラを殺すハント。逆に、ハントを殺すモーラ。

「心配になった、ってことで、ちょっと戻りましょうか？」

「そう、ね」

二人で互いに頷いた後、一気に走りだす。ありえないだろう、とは思いながらも嫌な予感だけが頭に溢（あふ）れる。

モンスターが立ちふさがる。こんなときに！

「どけっ」

俺とシロナで同時に魔術攻撃して、その隙に全力で剣を振るう。

あっという間にモンスターを挨ね飛ばして、例の階段を登ったところで、

「え」

目にしたものの意味がわからずに、俺はぽかんと口を開ける。

シロナも、唖然として立ちすくむ。

階段を登ってすぐの場所には、俺の元の世界で言うところの、コンクリート製の打ちっぱなしの壁がそびえていた。


ごつごつとした灰色のその壁におっかなびっくり手を触れる。感触は硬く冷たい。そんなところも、コンクリートにそっくりな気がする。

「合成壁？　どうして、こんなところに」

後ろから壁を覗いていたシロナが呟くのが耳に入る。

「合成壁？」

振り返ると、

「ええ、ディガーがよく使う壁。原材料となる石の粉と水、それから土の魔術で即席で作る頑丈な

壁。掘った穴が崩れないよう固めるのに使われるらしいけど」

ということは、これを作ったのはモーラか。けど、どうして？　この先は一方通行の壁、つまりこの壁で密閉された空間となるわけだが、どうしてこんなことを。

「中に、二人がいると思う？」

シロナがため息をつきながら訊いてくる。

「そんなことをしたら、自分たちを閉じ込めることになる。外からこの壁を作ったと考えるのが常識的だが」

俺はあまりにも意味不明な状況に歯軋りする。

「けどそもそも、ここにこんな壁を作る理由が『自分たちを閉じ込める』以外に思いつかないな」

そして、自分たちを閉じ込める理由はまったく思いつきもしない。

「そうね」

シロナも考え込む。

「おい、聞こえるか？　いるのか？」

俺は全力で合成壁を叩いて叫んでみるが、何の反応もない。

ならば、と剣を構えたところで、

「無駄。合成壁はかなり頑丈。どうしても壊したければ、火薬が必要だと思う」

「エニか」

今、この場に彼女がいないのが恨めしい。

「ひょっとしたら、向こうからなら中の様子がわかるかも」

「向こう？」

聞き返して、すぐに言葉の意味を察する。

一方通行の壁の向こう側だ。そちらからなら、壁が透けて見えるはず。

「よし、じゃあ」

今すぐ二人で一方通行の壁に向かおう、と言おうとしたところで俺とシロナの視線が絡む。

お互いがお互いを信頼していないことが、直感的に理解できた。

当たり前か。こんな状況下では、ブラドじゃあないが周りの全員が怪しく見えるのも仕方ない。

現に、俺もシロナと二人きりでいることに危険を感じている。隙を突かれて殺されるんじゃあないかという疑念が拭えない。それはシロナも同じようだ。

一瞬のうちに、お互いの目を見ながら思考が進む。

だとすると、二人揃ってジンたちのパーティーに知らせに行くか？

いつジンたちに出会うかわからない状況なら襲われにくいだろう。けど、時間がかかりすぎる気がする。一刻も早く、中の状況を確認するべきなんじゃないか？

下手したら、ハントもモーラも殺されて。

「コインあります？」

一瞬のうちに俺の結論は出る。

「コイン？」

「手分けしましょう。一人は向こう側から内部を確認。もう一人はジンのパーティーに知らせて一緒にここに来て、合成壁を破壊。ここのモンスターの強さなら、一人でも何とかなるはずだ。ダンジョンの構造は理解しているわけだし」

「なるほど、それでコイン」

すぐにシロナも理解して、コインを取り出す。ペース金貨だ。

「トスは俺がします。その代わり、どっちがどうかはシロナさんが決めてください」

言うが早いか俺はコインを受け取り、上に弾き飛ばす。くるくると回りながら落ちてくるコインを左の手の甲で受けてから、右手で隠す。

これで、コインが裏か表かは俺にもシロナにもわからないはず。

「表。ペース王城が出たら私が向こう側」

「よし」

俺が右手をどけると、コインは十字架のマークの面を見せている。裏だ。

「じゃあ、俺が向こう側に行きます」

「うん」

これで、この結果には俺の作為もシロナの意思も入りようがない。

二人で階段を駆け下り、そのまま俺とシロナは別方向に走る。

やれやれ、まさかダンジョンで単独行動することになるとは。

嘆息と共に、現れたメタルクラブを爆風で吹き飛ばす。別に倒す必要はない。このあたりをじっくり探索する必要はないのだ。ただ、あの場所まで向かえばいい。上の階にある、透明な壁の向こうに階段が見えたあの場所まで。

スライムを剣で斬りつけつつ、身体強化で飛び越していく。もう床ではなく、壁、果ては天井までを蹴りつけて進んでいく。

しかし、本当に何が起こっているんだ？

そもそも、分かれる寸前のハントの発言はおかしかった。それに加えてモーラが作ったらしい壁。一体、何が？

「……なに？」

自問自答しながら突き進んだ俺は、ようやく目的地に着く。そして、そこの光景に体を硬直させる。足が急ブレーキをかける。

透明な壁の向こうに合成壁がある。そして、その狭い空間にハントとモーラがいる。

それが、ぼんやりとだが俺が想像していた光景だった。

だが、何もない。透明な一方通行の壁があるべき場所には、真っ赤な壁があるだけだった。

赤い壁。その正体にもすぐに気づく。

血だ。透明な壁に、向こう側から血がべったりと塗りたくられている。いや、塗りたくっているわけじゃあないのか。向こう側で何かがあって、血が散ってしまっているのか。

ともかく、何かが起こっている。

血が塗られているだけなら、通ることができる。意を決した俺が一歩踏み出そうとしたところで、

「止まれっ」

叫びというよりも絶叫が聞こえた。

反射的に俺の体が固まる。

「ああ、誰だ、足音が、した」

すぐに苦しげに濁るその声がハントのものだとわかってからも、俺は金縛りにあったようにしばらく動けない。

ああ、一方通行の壁は声や音を通すんだな、なんてことをぼんやり考えたりした。

「誰だ？」

ぜろぜろという呼吸音の間を縫うようにして声が問いかけてくる。

「ヴァ、ヴァンです！」

慌てて返事をする。口の周りだけ金縛りが解ける。

「探偵か」

赤い壁の向こう、苦しそうな声がそれでもちゃんと反応する。

「他には、誰がいる？」

「俺一人です。ああ、けど、すぐに全員来ます。合成壁を爆破して」

「エニか」

焦って支離滅裂気味な俺の言葉の意味をくみ取って、ハントが返事をする。

「い、一体、何が？　大丈夫ですか？」

「いいか、来るな、無駄死にだ」

ごぷり、と奇妙な音と共に言葉が途切れる。

例えば、血を吐き出したらそんな風になるかもしれない。

「シャドウだ、本当にいた、くそ、こんな馬鹿な。モーラの合成壁も意味がない」

「は？」

時空を自在に操るモンスター、シャドウ。本当にいたっていうのか？

「逃げ込んだのに、やられた。モーラはもうだめだ。俺も、くそ」

悔しがる、というより半分諦めているかのような静かな舌打ちが恐ろしい。

「助からない。逃げろ、いいか、シャドウのことを知らせて、逃げるように言うんだ。誰も敵わない」

今、今、あの赤い壁にぶつかるようにして進めば、あの向こう側の様子がわかる。ハントだって助かるかもしれない。

それなのに動かない自分の足が、心底情けなくなる。

「ああ、来たぞ、黒い影が、あれがシャドウだ、見えるか、君にも」

うわごとのようなハントの呟きが終わらないうちに、爆音と衝撃が俺の体を揺らす。

「はぁ!? あっ、ああ！」

混乱で体を伏せるが、すぐに何が起きたのかわかる。

爆発。エニが、向こう側の合成壁を壊したのだ。

「おっ」

何かが起こっているから今動かなければ、という焦燥感からか、それとも壁が壊れたのならば皆がいるという安心感からか、ようやく体が動く。

そして、次の瞬間、自分でも意識するよりも前に、赤い壁に向かって勝手に体が突進していた。

「うわっ」

一方通行の壁を通り抜けようとした瞬間、視界が塞がると同時にべたべたとしたものが体にまとわりつく。

思わず叫んで顔を拭う。

考えてみれば当然で、血塗られた壁を通り抜ければ、当然その血が自分に付着する。

「くそっ」

顔についた血を拭い、何とか目をあけた俺は、初めにエニと目が合う。

そう、エニがそこにいた。崩れ落ちた合成壁の向こうに、エニが唖然とした顔で俺を見ている。

エニの横には、シロナが、ウォッチが、ジンが、ヘンヤが、キジーツがいる。

誰もが、唖然とした表情で俺を見ている。

いや、違う。

俺じゃあない。俺と彼らの間にある光景、それを凝視しているのだ。

一方通行の壁と合成壁に囲まれた狭い空間、その空間は血に塗れていた。そして、そこには、誰の姿もなかった。

いや、ただ一つ。

「お、おい、これ」

俺のすぐ足元にあるそれを、震えながら目で示す。

「これ、は」

誰か俺の代わりに言ってくれないかと期待するが、誰も答えない。

「これって、あれだよな」

仕方なく、怯えながらそれを説明する。

「腕、だよな」

二の腕のあたりから切り離された男の腕、いや、はっきりと断言はできないが、これは。

「ハントの腕、じゃないか?」

俺の投げかけに応える人間は誰もいなかった。


「状況が状況だから、確実なことは言えないけど」

と前置きしたうえで、小一時間程度の調査を終えたシロナが所見を口にする。

「ここにある血液は二種類。その証拠に、混じって凝固している部分がいくつかあるわ」

「モーラとハント、か。計算は合うな」

ジンが顎鬚(あごひげ)を撫でる。

「その腕も、ハントか？」

あまり興味なさそうに訊くウォッチに、

「多分、としか言いようがないわ」

肩をすくめるシロナ。

エニは大量の血液に気分が悪くなったのか、壊された合成壁の向こうで壁に寄りかかっている。

「しかし、妙な話だな。シャドウが実在するとはよ」

陰湿な笑みを含んだ目で、掬い上げるようにしてヘンヤが俺の顔を見てくる。

その気持ちはわかる。

あまりに突拍子もないし、発言を聞いたのは俺一人だ。俺が疑わしく見えるのも理解できる、が。

「シロナさんが言ったと思いますけど、俺がこちら側に来たのは完全な偶然ですよ」

俺がそう言うと、鼻を鳴らしてヘンヤは目を逸らす。

こういうときのためにコイントスをしたのだ。

「が、しかし、妙なのは確かだ。ハントの言うことが確かだとすると、ここでモーラとハントがそのシャドウとかいう化け物に殺されて、ハントの腕だけを残して死体が消えたってことだ」

ジンが簡潔にまとめる。

「実際に時空を操る化け物がいたら、死体が消えようが何が起ころうが不思議でもなんでもないが、逆に本当にそんなものがいたとしたら、手の打ちようがないな」

絶望と嘲笑を混ぜたような笑みを口の端に浮かべるジンに、

「ハントが死の寸前に嘘をつく意味もないだろう」

冷静にウォッチが言う。

「でもさ」

ようやく喋れるようになったエニが、青白い顔で会話に入ってくる。

「逆に言うと、そのシャドウって奴が犯人なら、私たちで協力すればいいじゃん。私たち全員が協力して警戒すれば、何とかなるんじゃない？」

その楽観的な観測はしかし、ある種の真理ではある。犯人が外部にいるのなら、全員が一致団結すればいい。全員が一流のこのパーティーならば、それによってどうにかなるかもしれない。

問題は。

「そうだな」

ジンも、

「ああ」

ウォッチも、

「そうね」

シロナも、
ヘンヤも、

「ふん」

「…………」

キジーツも、そして、

「そうだな、とりあえず、協力しないと生き残れない状況なのは確かだ」

俺ですら、犯人が外にいて、ここにいる全員を信頼して一致団結するべきだと、心底から信じられていないところにある。

「とにかく、何がどうなるにしろ、だ」

ジンがそのままばらばらになりそうな俺たちの視線を集める。

「ともかく、これ以上ダンジョン探索できるわけもない。戻るべきだ。トレジャー家に恨まれるとしてもな」

誰もが納得するしかない答えを出す。

「ひとまずキャンプに戻るべきだ、違うか？」

異論は出なかった。

発言の主の、ジンを誰しも心から信頼していないにしても。

4　混迷

言葉少なに全員でキャンプを目指しながら、それでも必要最低限の情報交換として、それぞれのパーティーがどんな動きをしていたのかを教え合う。

だが、ジン側のパーティーに起こったことは予想を超えていた。

「バラバラ⁉」

思わず大声を出す。

「別に完全にばらばらってわけじゃねえ。俺とエニは一緒だった」

それでも少し決まり悪そうにジンが言う。

「いや、その、キジーツが単独行動するのはわからないでもないけど」

黙って歩いている羽飾りの男を気にしつつ、俺は声を潜める。

「ウォッチとヘンヤは？」

「それが、段々と二人の様子がおかしくなってな。モンスターと戦っているときにも、隙あらばお互いの首を掻こうとする気配がするというか」

「ああ」

確かに以前からあの二人の間に妙な感じはあった。

「で、それを警戒しているうちにキジーツがふらりと消え、キジーツが消えたと騒いでたら今度は二人が消えやがったわけだ」

忌々しそうに顔を歪めるジンに呆れる。

「経験豊富なあんただからリーダーみたいな立ち位置だったのに、情けないな」

余裕が無いからか、いつしか俺はジンをあんた呼ばわりして、敬語もやめてしまっていた。

「やかましい。経験豊富だからこそ、危ないもんからは距離をとって、なるべく関わらなくするんだよ」

「で、バラバラになってからシロナが呼びに来るまで、それぞれ何をしてたんだ？」

「あっ」

ぽかん、とジンが口を開ける。

「おい、まさか」

「そう言えば、それどころじゃなかったから、すっかり忘れてたわね」

横でずっと話を聞いていた、幾分か回復したエニが言う。

それでは、と道中ウォッチとヘンヤの二人に問いただしたが、答えは二人揃って、

「はぐれた」

というだけのものだった。

「あの状況ではぐれるかよ」

とジンが毒づくが、

「はぐれたっつうか、ちょっと見失っただけだ。だから、シロナが呼びに来たときはすぐに集まれただろうがよ」

「それは、確かにな」

そこは認めざるを得なかったらしく、ジンは渋々頷く。

「で、キジーツ、お前は何をしていた？」

ウォッチが、われ関せずといった様子のキジーツに水を向ける。

誰しもがその返事が気になり、パーティーがしん、と一瞬静まり返る。

「調べていた」

例の無感動な目をして、キジーツはそれだけ言う。

「何を？」

「ダンジョンを。一人で調べたかった」

そこで、すいとキジーツの目が細まる。

「ジン、あのダンジョンは十階から下にいく道はないぞ」

「お、ああ」

虚を突かれたのか一瞬たじろいだ後、

「実は、俺もそう思った。多分、これ以上調べても無駄な気がするな。直感だけどよ、あれで行き止まりだ、このダンジョンは」

「ええっと、全十階だったってこと？」

ダンジョン初心者として質問するが、

「だとしても最深部なら、ご褒美やら、ボスやら、それらしい部屋やらがあるのが普通だ。こんなダンジョンがいきなり行き止まりになるなんて、俺の経験からしてもありえない」

ジンは不満そうに顎鬚を指で捻る。

「後戻りできないならまだしも、先に進めないダンジョンなんて聞いたことないわね」

エニも不思議そうな顔をする。

「ふう、ん」

結局、結論が出ないまま、俺たちは歩き続ける。

が、まったくはかどらない。俺が一人で急いでいたときの方が数倍マシなレベルだ。モンスターに遭遇したときにも、何事もなく進んでいるときにも、パーティーの足は遅々として進まない。

理由はわかり切っていた。ただ、それを口に出したら全てが壊れそうで誰も言えないだけだ。

疑心暗鬼。

常に、お互いがお互いを警戒していた。その状態では、戦闘中はもちろん、ただ歩いているだけでも神経をすり減らしていくことになる。

足が鈍るのも当然だった。

妙なもので、おそらくただ単に仲間の中に裏切り者がいる、という程度ではここまで疲弊はしていなかっただろう。

俺のせいだ。

シャドウ。そんな尋常じゃない、常識外れの、手に負えないような化け物がいるかもしれないと、いつ襲ってくるかもわからないと半信半疑で怯え、警戒しながら、同時に頼るべき仲間が裏切り者かもしれないと疑心暗鬼にならなければならない。

この状況が、パーティーの生気を削っていっている。

とはいえ、あの状況でシャドウの話を俺が秘密にするわけにもいかないよなあ。

内心で自分にそう言い聞かせる。実際、なるようにしかならない。

しかしつらい。

結局、地下七階のキャンプに戻ってくるまでに、全員の顔色から疲労の濃さがうかがえるような状況になってしまった。

心底から、帰還石のありがたさを感じる。こんなダンジョンでなければ、帰還の一言でさっさと帰れているのに。

「地上に戻ろうとすれば、例の毒トカゲも出る。この状況で強行突破は危険だな」

ジンの言葉に逆らう人間は皆無だった。いや、誰もが早くこのキャンプで一息つきたいと祈っているのが互いにわかっていた。

「ジン、けど、まさかまた皆で同じ飯を食おうとか、男女に分かれて同じテントで寝ようとか言うんじゃないだろうな」

皮肉な口調ではあるが、そのヘンヤの発言は全員の内心のある一面を正確に表現してもいる。

「そうだな、各自、ばらばらに休むしかないだろう。一人でいるのも、誰かとつるむのも個人の自由だ。そうするしかねぇな。どうせ、お前ら俺が全員集合っつっても従うわけないしな」

諦めたようなジンの言葉に、思わずと言った様子でエニが苦笑いを浮かべる。

「あまり、休めそうにないわね」

「それでも、休まないよりはましだ」

ジンの声をきっかけに、誰もがキャンプの床に腰を下ろした。

それぞれが、ばらばらになっている。

エニは油断なく全員を見られる位置にいながら、水筒の水をこくりこくりと飲んでいる。

ヘンヤは腰を下ろして完全に目を閉じて眠っているようにしか見えない。だが、その右手はずっと刀の柄にかかっている。

そのヘンヤをじっと見るようにして壁にもたれているウォッチ。

シロナは何やら薬品の調合らしきことをしているが、目は手元にあっても、周囲に気を配っていることが一目瞭然だった。

ジンも、どっかと豪快に座り込んで干し肉らしきものを頬張ってはいるものの、顔がやつれ、目がぎらついているのは隠しようもない。

そんな中、しばらくキャンプをうろうろしていたキジーツが、ふらりとキャンプから出ようとするのが見えた。

「あ、ちょっと」

どうしていいのかわからず、所在無く誰かに近寄ろうにも近寄れずふらふらしていた俺はそれを見つけて、慌てて声をかける。

もはや、他のメンバーはキジーツに関しては諦め気味なのか、キャンプを去ろうとしているのに見ようともしない。

勝手に消えて死ぬなら別にいいし、敵として来るなら殺すだけ、それくらいの割り切り方をしているのだろう。

　こっちはそんな割り切り方はできないので、

「ちょっと、一人でどこに行くんだよ」

　とビビりながらも声をかける。

「探索」

「一人じゃ、その、危ないと、思うんです、けど」

　虚無のような目に圧倒されて、語尾がどんどん弱くなる。

「材料がない」

「え？」

　材料？

「七探偵の誰だろうが、この事件をこの時点で解決することは不可能だ。誰もが疑心暗鬼で、推理を進める程度の材料すらない」

「まあ、それは」

　確かに。

「これから材料を手に入れようとすれば、そのチャンスは敵が襲ってきたときだけだ。おそらく、いくらダンジョンを探索しても無駄」

「えっ、なら」

つまり、キジーツは。

「お、囮になるつもりってこと？」

「いや、そんなつもりはない」

そのとき、初めてキジーツの無感情な目に、光が宿る。

それは、圧倒的な悪意だった。

「返り討ちだ。俺がやる側、相手がやられる側だ。どんな状況であろうと」

悪意を秘めたその目に、笑みすら見た気がして、俺は黙って後ずさる。

「皆殺しのキジーツだ、俺は。だから、俺を襲おうとする犯人を生かしておくなんて絶対にしてはいけない。わかるか？」

その問いかけに、硬直した俺が答えられないでいるうちに、キジーツは身を翻すとキャンプを出ていく。

「あっ、ちょ、ちょっと、ねえ、皆、止めなくていいんですか？」

金縛りが解けたようになった俺が慌てて呼びかけるが、

「いいじゃねぇか、協調性ないし。こんな疑心暗鬼になった中で、一番心理的な負担になるのってあいう奴だぜ？　抱えない方がいいだろ」

とジンがドライな意見を出して、誰もそれに異を唱えない。

そんなもんか？

確かに、俺としても返り討ちにしてやると心底から確信しているキジーツをどう止めていいのかわからない。

「くそ」

かといって、俺がついていってどうする？　キジーツは別にありがたがらないどころか、一人で襲ってくるところを返り討ちにするつもりなら邪魔だろう。俺が普通に殺されるかもしれない。そもそも、キジーツが犯人じゃないという確信がない、どころか態度からして怪しすぎる。

「ふう」

気を落ち着かせようと深呼吸をする。

「あいつは死にそうにないキャラしてるし、大丈夫だろうぜ」

無責任にヘンヤが目をつむったままで言う。

「うお、寝てなかったのか」

驚いてのけぞる俺を見て笑いながら、

「確かにな、あいつは死にそうにない。が、それを言うなら、こいつだって死にそうにはなかったがな」

ジンが言って、俺も何となくジンの言う「こいつ」の方を見る。

鉄の棺には、未だに物言わないブラドの死体が入ったままだ。

外傷はないが、肌の色はしっかりと青ざめ、全身が硬直しきっていて、見ただけで死を強く感じる。棺に入っているからなおさらだ。

外傷はないと言っても、全身に細かい傷痕がいくつもある。

あんな戦い方をしていたら、傷だらけなのも当然か。

「死に急ぐような戦い方をしているくせに、人一倍慎重で猜疑心の強い奴だったな」

多少しんみりした言い方でジンが語る。

「そんな彼が毒殺とは、やはり腑に落ちないわね」

その道の専門家として、いつの間にか薬品を片付けていたシロナがそう言って近づいてくる。

「なあ、ぶっちゃけた話だ」

ジンが、ふと力を抜くようなしぐさをする。実際に力を抜いたのかもしれない。あるいは、そんな振りをしてこちらが気を抜くのを狙ったのかも。

「シャドウがいると思うか？」

そのものずばりの質問は、キャンプを広がり、あたりは水をうったように静かになる。

「ヴァンが嘘をついていないという前提で言えば、ハントが死を目前にして嘘を言う必要はないように思うな」

　最初に口を開いたのは壁にもたれたままのウォッチだ。

「その前提が信用できないがね」

　くく、とヘンヤが今では目を開いて笑う。

「それに、ハントが嘘をついていないにしても、勘違いや騙されている可能性はある。何らかの魔法やギミックで、シャドウが現れたとしか思えないような演出をされた、とか」

　考えながら半分独り言として俺が言うが、

「そもそもハントが死んだっていうのも、どうなの？　死んだ演技してた、とかは？」

　エニが口出ししてくる。

　誰もが、疑心に満ちて距離をとりつつも、やはり心のどこかしらで仲間を求めていたようで、会話に参加してくる。

「だがあの腕はどうなる？　ハントの腕にしか見えなかったが」

「私にも確かなことは言えない、ただ」

　ジンからの問いかけに言い淀んでから、シロナは少し遠慮がちに、

「けど、あの腕がハントの腕かどうか断言できないのは、その、言い方が難しいけど、偶然」

「は？」

あまりにも意味不明な発言に疑問符が口から出る。

「あの腕、よく見れば小指の付け根に傷があった。結構目立つ」

「ああ、そういやあったな」

「ああ」

シロナの発言に、ヘンヤとウォッチが同意する。

俺も含めた他は、そんな傷に気づきもしなかったのでぽかんとしている。

「私は、ハントの右手の小指に傷があったかどうか知らない。けど結構目立つから、私じゃなくても、誰かが偶然目にしたらわかると思う」

「おいおいマジかよ、誰かハントの指に傷があったかなかったかわかる奴いないか？」

ジンの呼びかけには誰も反応しない。

「ちっ、誰も見てないか」

「でも、それは偶然。さっきも言ったけど、結構目立つから、視界に入ったら気づくはず。傷があったかなかったかくらいなら」

「つまり、ハントがわざわざ替え玉の腕としてそんな特徴のある腕を残しておくのは不自然なわけだ」

俺は情報をまとめる。

「じゃあ、やっぱりハントさんは殺されたのかな？」

エニが首をかしげる。

「となると、基本的にはハントの発言は信じるべきだし、そうなるとモーラも殺されていることになるなあ、ひひ」

何が面白いのか、ヘンヤが笑いを漏らす。

どうも、謎が多すぎる。いや、謎しかない。

仲間の話を聞きながら、俺はいつしか思考に没頭している。

何もかもが不確かで、誰もが怪しい。さっき、キジーツは材料がないと言った。だが、それは考え違いなんじゃないか？

慎重だったはずのブラドが毒殺、進めないダンジョン、ハントとモーラの死に方、これまで何人もの冒険者が死んでいったという事実、トレジャー家の土中迷宮に対する執着。

むしろ、材料がありすぎるのが問題なんじゃないのか。

考えろ、この中で一つだけ選んで、まず考えるとすれば一体どれだ？　どれがきっかけになる？

ふと顔を上げてみれば、俺が思考に沈んでいるうちに話し合いは終わっていた。

また、それぞれがばらばらに散って体を休めている。ジンとヘンヤに至っては完全に寝ていた。

もっとも、双方とも剣を握ったままというのが凄まじいが。

「ふう」

息をつく。

よく考えれば、絶対に解決しなければいけないわけでもない。

ここで少しでも体を休めて、この迷宮を脱出しさえすればいい。その後のことは、後は野となれ山となれ、だ。何なら、師匠筋のゲラルトに解決をお願いしてもいい。

そう、楽観的に思い込もうとする、が。

この状況で、無事に全員がこのダンジョンを脱出できるとはあまり想像できなかった。


夢を見ている。

夢と現実の狭間(はざま)、限界まで削られた精神が勝手に妄想や夢が混じった世界に落ちていく。

俺はダンジョンを歩いている。一人でだ。

モンスターがいない。ただ、薄暗いダンジョンを歩き続けている。

恐れはない。ただ疲れていた。

引きずるようにして足を動かし、ひたすら先に進む。

潜るのではなく、戻っていた。階段があれば上がっている。そう、地上に戻ろうとしている。

だというのに、上がるにつれて疲れがひどくなる。足が重くなる。

ダンジョンが長く、複雑になっていく。

地上に絶対に戻ることはできないとダンジョンが主張しているかのように。

恐怖も感じるようになる。上に戻れば戻るほど、恐ろしくなる。

モンスターの影すらちらちらと感じるようになる。

ああ、戻れない。

ついに、俺は絶望する。

叫ぶ。絶望の叫びだ。

「うっ」

その叫び声で飛び起きる。

やばい、この状況で、うとうとしていたとは。

が、妙だ。

夢では俺が叫んだが、さっきの、俺を覚醒させた叫び、どうも俺のものじゃない気がする。

俺以外の全員が立ち上がり、緊迫した表情で顔を見合わせている。

「下、か?」

呻くようにジンが言う。

「おい、エニがいないぜ」

獣の目であたりを見回すヘンヤは、既に半分刀を抜いている。

「む、誰か見たか？」

ウォッチの質問に答えるものはいない。

「まさか、エニが？」

シロナが顔をしかめるが、

「いや、男の悲鳴に聞こえたけど、あれ」

ちょっと寝ぼけて頭がぼうっとしているのが逆に作用して、冷静に判断できる。

「ともかく集まれ」

と、ジンが全員をキャンプの中央に集めてから、

「さて、二択だな」

とげっそりとした顔をする。

「キジーツとエニのことはほっといて、あの悲鳴は無視してとにかく上に登る。もしくは、悲鳴の主を調べてみる。どっちだ？」

「当然、まず自分が生還するのを目指すべきだろ」

ヘンヤが刀を収める。

「賛成だ」

頷くウォッチに、

「反対」

とシロナが異を唱える。

「理由は？」

ジンが目を向けると、

「単純。この上にはポイズンリザードがいる。私のフォローが不可欠。けど、今の状況ではきっと皆、私を信頼できない」

その言葉に俺たちはそれぞれの顔を気まずそうに見合わせる。

「もちろん、死ぬかもしれないのに解毒を拒むとは思えないけれど、一瞬の躊躇が命取りになる可能性は十分にある。今のメンバー、この状況で一撃ももらわずに地上まで戻るなんて不可能」

「ぬっ」

反論のしようがないのか、ヘンヤが唸って、

「くそっ、帰還石さえありゃあな。このダンジョンを探索する前に、あの入り口にあるぶっ壊れた帰還石を修理してから潜るべきだったたな」

「無茶を言うな。聖遺物を修理など不可能だ。帰還の仕組みの欠片もわかっていない今の技術レベルでは、壊れた帰還石とただの壊れた水晶玉との判別すらできない」

そう冷静に諭してからウォッチは、

「だがシロナ。悲鳴を調べるのは危険があるうえに、それで信頼関係が回復するという保証もない」

その意見に、シロナは無言で頷くだけだ。

それをわかったうえで、それでも確認するべきということか。

「ヴァン、どう思う？」

ようやく頭がはっきりしてきた俺に向かって、ジンが投げかけてくる。

一方の俺は、ようやく頭が回るようになって、今更ながらエニが行方不明ということに動揺していた。

「あ、ああ、どうかな」

それでも、震える声を無理矢理押さえつける。

「お、俺が思うに、そうだな」

だが、考えがまとまらない。

どうしてエニが消えた？　全員休んでいたとはいえ、気づかれずに消えたということは誰かに連れ去られたんじゃなくて自分から消えたはずだ。少しでも騒ぎになれば気づくはず。

休む前に考えていた色々なこと。どの材料を吟味すべきか。

さっき見た夢のイメージ。全てがぐるぐると混ざっていく。

「ああ、うう」

そうして、俺はまとまらないうちから、ほとんど支離滅裂に自分の思っていることや疑問、さっきみた夢の内容をつらつらと口に出していた。

そこで、ようやく、エニがいなくなったことに自分がかなり衝撃を受けていることに気づく。

どうも、俺は思っている以上に精神的動揺に弱いらしい。


犯人は、笑いをこらえている。

つい先ほど、予想外の出来事で狼狽してささくれ立った心を、愉快な見世物が癒してくれる。

ヴァンという探偵、七探偵の一人でもある探偵が、熱に浮かされたように、ぐだぐだと妄想と願望と心情を混ぜたような内容を垂れ流している。

しかし、仕方ないだろう。なにせダンジョン初心者だ。ベテランの冒険者ですら心が削られているこの状況で、平常心を保つことはできない。

妄言を続けるヴァンに誰もが呆れた顔になって、そしてジンが何やらヴァンを窘め出す。

それで、ようやくヴァンは疲れた顔をして発言をやめ、そのヴァンに向かってシロナが何か渡していた。白い紙包み。あれは、薬か。

安定剤か何かか？　おかしくなっているヴァンを気遣っているのかもしれない。

だが、ヴァンは妙な顔をしてそれを広げて、笑顔でシロナに礼を言いはするが、中の薬剤を飲むことはせず、シロナが目を外した隙にそれを元のように丸めて懐に突っ込む。

また犯人は笑い出しそうになる。

まったく信用していない、シロナのことを。これでは、ポイズンリザードの出現する上の階を戻る気にはならないだろう。

そして、その一連の行動を、シロナ以外の全員が見ている。ヴァンのそのシロナを、仲間をあからさまに信じていないと思わせる行動を。

全てが、犯人の思いどおりになりつつある。

自分が全てを行わずとも、なかなかの難易度のあるこのダンジョンで、互いに信用できない極限状態になれば共倒れが起きる。

それが犯人の予想だった。

現に、ひびが入り、パーティーは崩壊しつつある。

あと、少し。

これで、毒を恐れて上に戻れないまま、さらに極限状態が続けば、決定的な何かが起こるだろう。起こらなければ、手を加えてやればいい。

少しで済む。必要最小限の手出しで、爆発する。導火線には火がついているのだから。大した危険はない。

そう、もうすぐだ。

もっとも、一人や二人逃げ帰ったところで、特に支障はない。目的はパーティーの全滅などではないのだから。

そう、犯人にとって目的は既に達成されているし、そして今も達成されつつあるのだ。

一度だけ、誰からも見えないように犯人は笑いを浮かべて、そして次の計画を練る。

さて、結局パーティーは全員、悲鳴が起こった場所に行くようだ。

あれを見たとき、どんな反応をするのか、楽しみだ。

全員で、地下八階を探索する。

それが出た結論だった。悲鳴が聞こえてきたことから、キャンプからそこまで離れているとは思えない。何より、どんどん下を探索するような力がパーティーに残っていない。精神的な力も、消耗アイテムも、信頼関係も。

「何も見つからなかったら、早々に引き上げてキャンプに戻る。それでいいな」

ジンがそう念を押した。

「キャンプからさらに上に戻る、とは言わないんだな」

皮肉を込めて笑うヘンヤに、ジンはもちろん誰も答えなかった。

そうして、全員で降りていき、

「うっ」

それは、すぐに見つかる。

あまりにも現実離れしたその光景に、百戦錬磨のはずのジンが、息を詰まらせる。

地下八階の階段を降りてすぐの場所に、彼はいた。

キジーツだ。

「何だよ、これ」

俺の隣にいるヘンヤが茫然と呟くが、その思いは全員一緒に違いない。

宙をにらみ、目を見開き、その瞳には悪意を漲らせたまま、絶叫がまだ聞こえるような気がするくらいに口を開けて。

凄まじい形相で、キジーツは壁にもたれ座るようにして絶命していた。

あのキジーツが死んだ、というのは衝撃ではあるが、はっきり言って悲鳴が聞こえたときからどこかで覚悟していたことだ。

だが、こんな死に方は、想像だにしていなかった。

キジーツは大振りのナイフを両手で握りしめていた。それはおかしなことではない。護身用にナイフを持っていることなんて何も驚くようなことじゃあない。

だが握りしめていたのは、ナイフの刃だった。キジーツは、両手から血を流しながら、ナイフの刃を握りしめ、柄を突き出すようにしていた。

意味が、わからない。

それだけじゃあない。

キジーツは、全身を刃物で貫かれ、傷痕からは血が流れ出ている。それは、いい。それが死因なのだろう。

問題は、キジーツの全身に刺さっている無数の刃物、羽飾りごとキジーツを刺しているそれらの刃が、刺さっている方向だった。

外から中に、ではない。逆だ。中から外に。

つまり、どう見ても、キジーツの体内からいくつもの刃物が飛び出してきているようにしか見えなかった。

そして極め付きは、そのキジーツの死体の横に、ごろりと見覚えのあるものが転がっていた。

「これで、こいつの死亡は確定だな」

ぼそり、と顔色が悪いまま、それでも冷静にウォッチが呟く。

キジーツの死体のすぐ横に転がっていたのは、ハントの生首だった。

ただでさえ白い顔を青白くしながらも、シロナがキジーツの死体とハントの首を調べるのには三十分というところだった。

「一つ、謎が解決した」

シロナが髪をかきあげる。

「解決？」

訝しげなヘンヤに、

「体から突き出ていた刃物について」

「あれ、どういうことかわかったの？」

驚いて身を乗り出す俺を冷たい眼で見て、シロナはフードで自分の顔を隠すようにうつむく。

「私もこんなのは初めて。致命傷はあの刃物じゃないわ。首元に鋭い刃物で斬りつけられた傷があった。全身から突き出た刃物は、攻撃を受けたのではなくて、反撃」

「反撃？」

シロナ以外の全員の声が重なる。

「信じられないけど、キジーツの全身は改造されていたわ。体内に無数の仕込み武器があった。あの刃物は、彼の武器。多分、攻撃を受けて、反撃のために使用したのよ」

あまりにも現実離れしたその説明に、全員が絶句する。

「じょ、冗談じゃないんだよ、な」

恐る恐るジンが確認すると、

「私だってこんなのを見たのは初めて。全身に武器と仕掛けを埋め込んでいる人間なんて、まさか存在するとは思っていなかった。正直、自分の目で見ても信じられない」

「あの、刃の方を握っていたナイフは？」

続いてウォッチが質問すると、

「さあ。あれは普通にキジーツが持っていた武器かも」

「刃を持っている理由は？」

ウォッチの質問が続く。

「見当もつかない……いえ」

そこで、はっとしたようにシロナが顔を上げて、全員の目を見る。

瞬間、パーティーの中を微妙な空気が流れる。

その空気の意味がわからず、俺はぽかんとする。

なんだ、何が起きている？

「落ち着け、それは他に置いておこう」

気を取り直すようにジンが言うと、場の空気が緩む。

「あの生首は？」

「あれは、見たとおり、ハントの生首でしょう」

あっけらかんとシロナが答える。

まあ、そうだよなあ。どう見てもそうだ。俺が見たってわかる。

「ふん、なるほど」

ジンは何やら考えながら、乾いた目を天井に向ける。

「とりあえず、なんだ、戻るか」

ただ単に、とてつもなく疲れたその声に従って、俺たちはぞろぞろとキャンプに戻り始める。

これ、もうだめかもな。

俺は何となくそう思う。

全員から、覇気がなくなっている。

顔色の悪いシロナはもちろん、ジンも疲れ切っている。ヘンヤとウォッチは、幽鬼のような顔に目だけをぎらつかせて、お互いへの敵意をもう隠そうとしていない。

これ以上耐え切れないかもしれない。もうすぐ、爆発しそうだ。そして、それはもはや止めることができない。

今の俺にできるのは、爆発したときにどういう風に対処するか、シミュレーションしておくことだけだ。

何よりも最悪なのは、ここまでの状態になっても、やはり外敵を、シャドウを、まだ見ぬ真犯人を警戒しながら歩かなければいけないことだ。

精神が削られていく音が聞こえるようだ。

キャンプまでたどり着いたら、そのまま倒れて眠っちゃうかもな。

俺はそんなことを心配しながら歩き続ける。


再びキャンプに戻った俺たちはもう無言でそれぞれその場に座り込んだ。

誰も、何も言わない。

俺も誰からも距離をとろうとした結果、不愉快なことに例の鉄の棺の傍（そば）に寄ってしまう。

何が悲しくてこんな状況下で、死体の傍で休もうとしなくちゃいけないんだ。

慌てて離れようとして、ふとブラドの死体が目に入る。

全身についている傷痕。それに交じって、他のものとは少し違う、目立つ傷痕を見つける。傷痕、というより火傷（やけど）痕か、あれは。

ブラドの右の手のひらに、ひどい火傷痕があった。

「何見てるんだ?」

経験豊富なためか、残ったメンバーの中ではそれでも比較的に余裕のあるジンが俺の視線に気づいて近づく。

「ああ、いや、ほら、ブラドの手のひら」

「ああ、あれか。火傷痕だろう?」

「知ってるのか?」

「まあ、有名な話だ。今の若い冒険者にはそうでもねえか。まあ、まだ俺も、ブラドも駆け出しの冒険者だった頃の話だ」

状況とはそぐわない、照れ臭そうな顔をしてジンが続ける。

「あの当時は、その話を伝え聞いて、俺もびびったもんだぜ。同世代にそんなとんでもない奴がいるなんて、俺も頑張って名前を売らねぇとな、ってよ」

それは、ブラドの入っていたパーティーが火神洞窟というダンジョンを攻略していたときに起こったのだという。

「まあ、経験のない冒険者たちによくある話だ。自分の力量を過大評価して、難易度が身の丈にあっていないダンジョンに潜ってパーティー全滅。帰還石を使う暇もなく、ブラド以外のメンバーが全滅したらしい」

　だが、ブラドは生き残った。

「武器も防具も全てだめにして、仲間も全員死に、絶体絶命の状況。そんな中、モンスターである炎に包まれた騎士の一撃を、ブラドはなんと騎士に組みついて、素手で騎士の攻撃を押さえつけて凌いだ。そうして、そうやって作った一瞬を使って、帰還して生き延びたんだとよ」

　そこに出現するモンスター、炎の騎士は炎に包まれた鎧騎士の姿をしており、その鎧は見た目どおり、高温となっているらしい。

「常人なら触れるどころか近づくのも躊躇するようなその騎士に、飛び込んで手首を右手で摑み押さえつけて生き延びる。ベテランの冒険者も全員、その話を聞いて仰天したもんだ。その話の後には、誰もが右の手のひらに大火傷を負ったルーキーに一目置くようになったもんだ」

「思い出話は結構だが」

　大きな声を出して、ヘンヤが割り込んでくる。いつもの皮肉めいた表情はなりを潜め、もはやはっきりと苛つきを隠そうともしていない。

「これからどうするつもりだ？」

　その疑問は口には出さないまでも、誰もが聞きたい、そしてある意味で聞きたくないものだった。

「待つ」

そして、簡潔な答えを、ヘンヤに負けないくらいの大声でジンは答える。

「待つ、だあ?」

「ああ。今回の探索は別に秘密裡に開始したわけじゃない。ベントが知っているし、メンバーには息子のハントが含まれている。自分の息子を含むパーティーが帰還しなければ、救助をよこすはずだ」

「大筋で異論はない、が」

静かに、しかし大きな声でウォッチが言う。

「それは、いつの話だ」

「さあ、な」

そこを突かれると痛いのだろう、ジンは顔をゆがめて言葉を濁す。

「そもそも俺たちが探索するのは未攻略、そして謎に包まれたダンジョンだ。だからこそ、長時間の探索にも耐えられるように装備を整えて俺たちは攻略を開始した」

淡々とウォッチは事実だけを並べていく。

だからこそ救いがない。

「一週間やそこら俺たちが帰らなかったからといって、即座にベントが救助をよこすとは思えない。そして、俺たちがこの状態で一週間以上持つとは思えない」

一週間以上持つとは思えない、というのはウォッチが誤魔化した表現だ。嘘ではないが正確でもない。

正確には、あと一日も、いや今この瞬間にも崩壊してもおかしくない。

「はん、じゃあ、ウォッチ、お前はこのまま、このメンバーで地上まで突破するべきだって言うのか？」

半分自棄になったようにジンが言い返すと、ウォッチはそれには答えずに顔を逸らす。

険悪なムードになっていく。

「よほど信じられないのね、私の薬が」

ぽつり、と呆れたようにシロナが呟き、場の緊張感が加速する。

「おい、いいか。単純に考えろ。さすがに、もうこれ以上ダンジョンを探索するって選択肢はない。だとしたら、つまり二択だ。つまり、待つかやるか」

俺たち全員を睨みつけるようにしてジンが大声で意見をまとめる。

「いいか、このどちらかだ。お前らはどっちがいい？　待つのか、それともやるのか」

威圧するように一際声を大きくして、

「やるって奴は手を挙げろ」

「はいよ」

大して気負った様子も見せずに、ヘンヤだけが手を挙げる。

「お前、やるべきだと思ってるのか？」

「ああ、待つってのは不確実だ。本当に救助が来るかどうかも微妙だしな。間に合うかもわからねぇ。だったら、やるべきだろ。やったからといって、別に救助が来る可能性を斬り捨てるってことにはならねえしよ」

それに、とヘンヤは目をぎらつかせて少し前かがみになる。

「もう、我慢できそうもなくてな。斬りたくて仕方がねぇんだよ、ひひ」

その笑いには、明らかな狂気が見て取れた。

「斬る相手は、当然モンスターじゃなくても構わねぇぜ」

ぎろりと俺たちを見回すヘンヤに、俺とシロナは圧倒されて一歩後ろに下がっていた。

「本気か、ヘンヤ」

不動のまま殺気を膨れあがらせるジンを、

「俺に任せてくれ」

とウォッチがするりと一歩前に出て制す。

「おお、ウォッチ、何のつもりだ？」

ヘンヤはむしろ嬉しそうですらある。

「お前が暴走しそうなんでな」

ウォッチとヘンヤの間の空気が異様な熱を帯びていく。

「おい、ちょっと」

止めないわけにもいかない。

俺が気を取り直して一歩前に踏み出そうとしたところで、ふわり、とヘンヤが、姿勢を変えずに宙に跳ぶ。いや、跳ぶというよりも、見た印象のままを言えば、まさしく浮いている。

まるで重力が存在していないかのようなそのジャンプに、俺はもちろん、

「おお」

ジンも声まで出して驚愕する。

シロナも、無言ながら目を見開いている。

ただ一人、ウォッチだけが眉すら動かさず、その場に立っている。

「ひひ」

いまや、ヘンヤの頭は天井に着きそうだ。

そうして、これもまた重力がないかのように、くるり、とヘンヤの体が横に回転する。

足先が上に、頭が下に。まるで、ぶら下がった蝙蝠のようだ。

「ひひ、ひ」

ヘンヤの目はまっすぐにウォッチを向き、刀は既に抜かれていた。

そうして、ヘンヤの足が、天井を蹴る。

驚くべきことに、蹴って地面に向けて跳躍するのではなく、そのままヘンヤは天井を走っている。

目を疑う光景に、ウォッチは動揺を見せず、ただ片手に持った槍を天井を走り寄ってくるヘンヤに向けて恐るべき速度で突き出す。

「ひひっ」

その突きを跳んで避けたヘンヤは、曲芸師の如く、そのまま足を下にして地面に着地する。ウォッチの、すぐ傍に。

ウォッチにとっては潜り込まれた形だ。おまけに、突いた槍はまだ戻していない。完全な隙。

「ひっ」

ヘンヤの一撃。肩から袈裟(けさ)に斬るそれを、ウォッチは突きの姿勢のまま体を揺らすようにして、紙一重でかわす。

そして、魔術でも見ているかのようだ。

そのかわす動きが、そのまま反撃になっている。かわしながら槍を引き戻すウォッチの動きが、懐に入ったヘンヤを槍の石突きで打ち倒すものになっているのだ。

「ひあっ」

頭を下げてそれを間一髪かわしたヘンヤは、頭を上げることなく、その姿勢のまま後方に大きく跳躍する。またしても無重力のような動きで、常識外れの距離を跳躍している。

「一槍馳走」

呟いたウォッチは、槍を引き戻したことで既に攻撃態勢は整っている。が、既にヘンヤとの距離は開きすぎるほど開いている。

だというのに、ウォッチは引き戻した槍でヘンヤに向かって稲妻のような突き。単なる突きでなく、その長身をくねらせるようにして全身にて繰り出す突きは、絶対に届かないはずのヘンヤの頭を貫いた。

いや、貫いたように見えた。

実際には、ヘンヤは薄笑いを浮かべたまま、大きくのけ反るようにしてその突きをかわしていた。

あまりの速度の突きに、そのまま貫かれたように見えてしまった。

「さすがの反射神経だ」

するすると槍を再び引き戻すウォッチ。

「ひひ、この距離を届かせるか。いや、届くわけがないな。いくら全身を俺に向けて伸ばそうとも、突きの瞬間、槍を持つ手を石突きまで滑らそうとも。ひひ、俺の目には、槍自体も伸びたように見えたが、気のせいか？」

「目もいいらしい」

ウォッチは槍を立てて、両手でしっかりと握りしめる。

「仕込み槍か。お前ほどの技量の持ち主がそんな小細工するとはなあ。いや、だからこそ、意表を突くのか。ひひ、面白い」

「いや、こちらもいいものを見せてもらった。セキウン流のヘンヤは、身体操作技術と風の魔術によって、コウモリの如く飛び回るとは聞いていた。身の軽さはセキウン以上とも。話が大げさだと思っていたが、なるほど、確かにこれは大したものだ」

「ちょ」

殺気をぶつからせながら会話する二人を止めようとした俺は、

「止せ。もう、無理だ。決着を付けさせるぞ」

と後ろからジンに止められる。

「ジン、何を」

「もう、無理だ。ここで止めたところで、あの二人を抱えてパーティーは維持できない。どちらかは、ここで死んでもらおう」

憚(はばか)ることなく大きな声でそう言うジンは、薄く笑みすら浮かべている。

そんな。

愕然(がくぜん)とする俺に、

「巻き込まれないように下がるべき。ここで、死にたいならいいけど」

シロナが忠告する。

忠告が終わらないうちに。

「ウォッチ・ホウオウ」

俺をかすめるようにして、跳躍しながらのヘンヤの大振りの一撃がウォッチに襲いかかる。

「む」

槍を自分の体に巻きつけるかのような動きをしたウォッチの、巻き込むような一撃がヘンヤの攻撃を弾く。

「ホウオウとはな。ふざけた偽名だ。かつて我が師セキウンと指南役を争い、果たし合いに敗北して当主が死亡、ついには消滅したホウオウ家。その名を俺の前で使うってことは、つまり最初から俺に喧嘩(けんか)を売ってるんだろ？」

「悪いが、偽名ではない。もうない家の名だが」

「ひひっ、ひょっとしたらと思っていたけど、やっぱりお前」

「家の仇だ。セキウン流の高弟は全員殺すと決めていた」

「やってみろよ！」

叫んで、再び天井に足をつけたヘンヤが、ウォッチに向かって跳ぶ。

「ホウオウ家のお家芸は剣術だったが、どうもそれすら捨てて槍術に転向したらしいな。そんな半端者に俺が討てるかっ」

「試してみるか？」

対するウォッチは不動の構え、両足をずっと地に着けたまま、槍だけを変幻自在に突き出し、ヘンヤを襲う。

その嵐のような槍の連撃を、ヘンヤは天井と地面を跳び回るようにして避けながら、ウォッチとの距離を詰めていく。

「ぬるいなあ、ひひ、鋭いだけだ」

「だろうな、俺の本分は、やはり剣だ」

ついに間近に迫ったヘンヤに、ウォッチは突きを繰り出す。

「もらった、ぜ」

それをかわしたヘンヤが突っ込む。

その瞬間、

「だから、言っているだろう。俺の本分は、剣だ」

ウォッチの突き出した槍が伸びる。

だが、伸びて何の意味があるというのか。既にヘンヤは突きをかわしている。

伸びた槍の、前半分がそのままさらに伸びる。いや、伸びるというよりも、放たれる。

そう、完全に残りの部分からすっぽ抜けるように槍の前半分が、俺をかすめるように飛んできた。

「うわっ」

凄まじい速度のそれを跳び避けた俺が見たのは、槍の残った部分、槍の柄の途中から刃が生えているような、極めて異色な外見をしているが、それは。

「なっ」

虚を突かれたのか、ヘンヤの動きが一瞬鈍る。

「隙あり」

そして、ウォッチはそのあまりにも奇妙な「剣」をヘンヤに振るう。

「ぐっ、があっ」

叫びながらヘンヤはウォッチの肩を飛び越えるようにして跳躍する。今までのものとは違う、必死さの見える跳躍。

着地にも失敗し、そのまま転がるようにして距離をとってから、ヘンヤはウォッチに向き直る。

その頬には、かすり傷ではあるが、ウォッチの刃によるものと思われる切り傷がある。

一方の、ウォッチもその隙だらけのヘンヤに追撃はしない。

ぐらりと体を揺らして、その妙な剣を支えにして倒れるのを拒否するような動きをした後、苦しげに顔を歪めながらゆっくりとヘンヤに向き直る。

「さすがだ、ヘンヤ」

「驚きだぜ、ウォッチ、まさかそんな仕掛けまであるとは。ホウオウ家も堕ちたものだな、おい。いや、もとから下らん家だったのか」

荒く息をつきながらそう嘲るヘンヤだが、

「くく」

今にも倒れそうになりながらも、ウォッチは苦しそうに歪んだ顔のまま、笑う。

そして、犯人もまた、笑っている。

理想的だ。

理想的な展開だ。

頬の傷を気にする様子もなく、今がチャンスとばかりにヘンヤが襲いかかる。

いや、襲いかかろうとする。

だが、動きを止め、明らかに劣勢にも拘わらずに余裕の笑みを浮かべるウォッチに向かって、

「何だ、お前」

怪訝（けげん）な顔をする。

「これ以上、血を流す必要はない」

ウォッチは幾分息を落ち着かせる。

「面倒は御免だ。これで終わりだ、ヘンヤ」

「何だ、お前、どういう意味だ？」

「ここは、俺の勝ちで終わらせてもらう」

「頭おかしいのか、お前」

二人の会話は絶望的に噛み合わない。

「ところで、まだ動けるのか？」

支えを必要とせずに立てるようになったウォッチがそう投げかけたとき、ヘンヤの顔色が変わる。

「お前」

そこまで言ったところで、ヘンヤの手先が震え始める。

「馬鹿な、そこまで堕ちたか、この、元とはいえ剣術家が」

からり、とヘンヤの手から刀が落ちる。

今や、ヘンヤの顔色は紙のように白く、べっとりと脂汗に濡れていた。

「こんな結末、俺が」

全身を震わせながら、ゆっくりとヘンヤが崩れ落ちる。

「毒だと、こんな、終わり、俺は、認めん」

「今回は、俺に勝ちを譲れ。再戦のチャンスはないだろうが」

倒れて、震えもがくヘンヤを見下ろしながら、ウォッチが呟く。

やがて、ヘンヤの動きは止まった。

「お、おい」

唖然として呆けていた俺だが、ことここに至って、ようやく我に返る。

「な、何してるんだよ」

「もう終わった」

ウォッチは、それだけ呟くと、くるりと俺たち、そして倒れたヘンヤに背を向けた。

「終わった、じゃない。な、何したんだ、痺れ薬とか？」

「いいや、微量でも死に至る、上にいるポイズンリザードよりも強力な毒だ。仕込んでいたこの刃にそれを塗っておいた」

平然と答えるウォッチを無視して、俺はヘンヤに走り寄って揺さぶる。

「おっ、おい、おい」

だが、微動だにしない。

これは、そういうこと、なのか？　これで、終わり？

「お前、何てこと……」

だが、俺の言葉に耳を貸す様子もなく、ウォッチは背を向けたまま遠くを見る目をしていた。

ヘンヤを倒したことに、何か感慨めいたものでもあるのか。

「終わった、全て」

自分に言い聞かせるように、ウォッチが呟いて、

「そうだ、お前はここで終わりだ」

するり、とその背中にすべらかにジンが飛び込む。

「なっ」

俺の驚きの声で異常事態に気づいたウォッチが振り返ろうとするが、それよりも先にウォッチの

背中に、ジンがいつの間にか手にしていたナイフが突き立てられた。

「ぐあっ」

絶叫したウォッチは、歯を食いしばって体勢を立て直そうとするが、やがてその口の端から血が一筋こぼれ出る。

「かぁっ」

そうして、少量の血を叫びと共に撒き散らしてから、ウォッチはばたり、とその場に倒れる。

沈黙。

誰も動かず、喋らない。

ジンも俺もシロナも。

三人とも、誰も微動だにせず、ただ存在していた。三人、そう、三人だ。

もう、残りはたった三人。

いきなり、こんな。

あっさりとしすぎている。いや、人が死ぬときは、案外こんなものなのか？

「どうして？」

不自然なほどの沈黙を破ったのは、シロナのか細く、素朴な質問だ。

「逆に訊くが」

その質問がスイッチだったかのように動き出したジンは、ウォッチから抜き去ったナイフをさっさと懐に仕舞い込む。

「目の前でヘンヤを殺したこの男と、これから運命共同体としてこのキャンプで待つつもりか？　耐えきれるのか、それに？」

情け容赦のないその言葉に、シロナは黙りこむ。

「こうなった以上、どちらが勝とうとも、最終的には二人ともに死んでもらうしかない。俺は、二人の決闘が始まった瞬間にそう覚悟してたぜ」

平然と言い放つジンに、俺もシロナも反論ができない。

何故ならば、正論だからだ。

目の前で一応は仲間であるヘンヤを殺したウォッチと、これからも仲間として、一緒にいることができるかと言えば、できないのが普通の神経だろう。こんな状況であればなおさら。

「俺はお前らの代わりに手を汚してやっただけだ」

ジンがそう言ってにやりと笑うのと、ゆらり、とシロナがローブの袖から白く長い手を伸ばすのが同時。

「あん？」

訝しげな顔をしたジンが何か問いかけるよりも先に、ひゅっという軽い音と共に、シロナの手から何かが放たれる。

「おっ」

完全に油断していたのか、ジンの肩にそれは簡単に突き刺さる。

それは、金属製の注射器のような形をしていた。

「安心して、毒ではないわ。痺れ薬」

「お前、ふざけたことを」

「私からしたら、仲間だった人間を不意を突いて殺して笑う、あなたも信用できない。眠っておいてもらうわ」

どういうつもりだ?

混乱の極致、意味不明で慌てる俺を吹き飛ばすような勢いで、

「小娘っ」

鬼の形相のジンがシロナとの距離を詰める。

その手にはナイフ。

「くそっ」

今度こそ、と俺は止めに入る。

ぶつかってでも、シロナへの攻撃を止める。

その覚悟で向かった俺は、そのままジンの予想以上の勢い、そして巨体の迫力に気圧されて、無意識に足を鈍らせる。

「あっ」

気が付いたときには、何とか必死でジンのナイフを持つ手を握っていたのはいいが、そのまま勢いに押されてジンと一緒にシロナにぶつかるはめになっていた。

「ぐあっ」

衝撃。世界が回る。

それでも、ジンの手首を離すわけにはいかない。

ぐちゃぐちゃになる視界。それでも必死に手だけは離さない。

体が何度も振り回される。叫びが聞こえる。ジンとシロナ、どちらのものかもわからない。ひょっとしたら俺かもしれない。

ともかく、狂乱の時だ。転げまわり、俺は床に体を打ち付ける。

だが、それも落ち着く。

やがて動きが止まり、俺はぐるぐると回る視界にてこずりながらも体を起こして、周囲を確認する。

「う」

そして、そんな声が出る。

俺が必死に摑んでいたジンの手首、そしてそのジンが握っていたナイフ。

そのナイフが、しっかりとシロナのローブの、胸のあたりを貫いていた。

真っ白なローブに、突き刺さるナイフの刃。

「あ、う」

両目を見開いたシロナは、虚空を睨むようにして仰向けに倒れている。

完全に死人の顔色、目を大きく見開いたまま瞬き一つしない。

死んでる？　な、何で。

しばらく、茫然としてしまう。

ジンが、荒い息をある程度落ち着かせるまでの間、俺はずっと茫然としている。

「無駄なことをしたな」

やがて、喋れる程度には落ち着いたがまだ荒い息のジンがそう言って、

「早くシロナを調べろ。解毒剤だ」

「あ、な、何を」

「お前も必要だろうが。まったく、予想外の展開だがな」

「え」

そこで気づく。

突進してくるジンに対抗するために構えていたのだろうか、ジンに投げつけたのと同じ金属製の注射器がシロナの手には握られていて、そしてそれは俺の二の腕に刺さっていた。

嘘だろ、俺にこんな。シロナが俺を刺そうとするはずもない。

完全な事故だ。まさか、こんなことが。

「俺は痺れ薬らしいが、お前のはどうかな、即効性のある毒かもしれない。さっさと探すぞ」

シロナが死んだ、いや殺したというのに、平然としているジンに俺が恐怖を覚えていると、

「何だ、その目は。言っておくがな、俺は殺すつもりなんてなかったんだ。多少脅して、解毒剤を出させるつもりだったぞ。お前が余計なことをしたから、ナイフがあんなところに刺さった。お前も共犯だ」

「そんな」

嘘だ、そんな。

何か言わなければ、と口を動かそうとしたところで、気づく。

うまく、口が動かない。

「あ、え」

これは、そんな、嘘だろ。

「もう効き始めたか。どうやら、俺のよりも効果が強いみたいじゃねえか」

余裕を見せて笑うジンだが、その手先が小さく震えている。

お前も、効き始めてるじゃないか。

そう突っ込みたいが、舌がしびれて、

「うぁも」

俺の口からは意味不明な呻きのようなものが出るだけだ。

「ふん、ともかく、解毒、を」

ジンの語尾が震えだし、シロナを探ろうとしていた姿勢からそのまま、ゆっくりとシロナに折り重なるように倒れていく。

「く、そ」

一瞬だけもがいたジンだが、やがて停止する。

びくびくと痙攣するジン。

俺も、シロナのところにいかないと。

がくがくと震える足を必死に動かして、俺はシロナに近づく。

本当に、どうなっているんだ。こんなことになるなんて。

何がいけなかった?

一番の問題は、つまり今、俺がこうやって毒に苦しんでいることだ。

俺は混乱する一方、冷静な部分でそう分析する。

既に視界が霞み出している。喉が渇く。

刺されてしばらく気づかなかったのが決定的だ。薬が注入されていることに気づいて、すぐにシロナの元に駆け寄ったら、ぎりぎり間に合ったかもしれない。

いや、弱気になるな。まだ間に合わないとは決まっていない。

あと数歩。

それがやけに長い。

シロナとジンが折り重なる場所まで、いくら足を動かしても近づけない気がする。

「ぐあ」

それでも、近づかなければ。

このままじゃあ、本当に死んでしまう。

死。

一度は味わったものだ。だからこそ、もう二度と死にたくない。この世界にまだいたい。

足を動かす。

混乱した状況、俺も混乱し興奮していた、あのとき。

まとまらない思考の中、無意識のうちに俺は失敗を分析している。

そうだ、あんな状況、あんな状態だったから、俺はこれが刺さっていることに気が付かなかった。元から刺しても痛みが少ないように造られてはいるのだろうが、それにしたってあんな状況じゃなければすぐに刺さっていることに気が付いたはずだ。

ちらりと、未だに俺の二の腕に刺さったままになっている金属製の注射器に目をやる。

すぐに気づいていれば、対策が。

「うお」

そこで、ようやく気づく。

そういうことか。

ああ、じゃあ、やっぱり。つまり、こうなって、そうだ。そういうことだ。

パズルのピースがはまっていく。

間違いない。

細かい部分はまだよくわからないし、確証もないが、けれど、つじつまは合う。

いや、確証。あれさえ調べれば、全ては明らかになる。少なくとも、あいつが今回の事件に関与していることは確実だ。

けど、今更それがどうしたというんだ。

一瞬だけ明晰になった俺の頭が、再び靄に包まれる。

だからといって、もうどうしようもない。

全ては終わりだ。俺には、何をすることもできない。

あと一歩。あと一歩なのに、シロナに辿り着けない。

いや、あと辿り着けたところで、そこから解毒剤を探すことはできないだろう。

そもそも、よく考えれば解毒剤がどれかが俺にはわからないじゃないか。

馬鹿馬鹿しい。

不意に、馬鹿馬鹿しくなって俺は痺れてうまく動かない顔に笑みを浮かべようとしてみる。

うまくいったかどうかもわからないまま、俺はシロナのすぐ傍に倒れる。そうして、意識もぼやけていく。

終わりか。

そうして、俺の意識は消えていく。

願わくは、これが毒ではなくて痺れ薬か何かであらんことを。

それだったら、希望はある。ああ、それよりも、何よりも。

エニが無事でありますように。

そんなことを願ったのを最後についに意識は途切れる。

読者への挑戦

　さて、賢明なる読者諸君には既にこの事件の真相がおわかりだとは思うが、ここで身の程知らずにも読者諸君に挑戦をしてみたい。

　挑戦内容はシンプルだ。すなわち、

「誰が犯人なのか？」

　今回の事件においては、確実な証拠によりそれを証明する必要はない。

　正確に言えば、

「犯行がどのように行われ、そしてそれを行ったと推測される合理的理由を持つ人間は誰か」

　これについて答えてもらいたい。

　本件は非常に特殊な状況下にあり、また登場人物のそれぞれの思惑が絡み合った複雑なものになっているので、事件の全容を完全に推理する必要はない。

　上記の点のみ考えてもらいたい。

　無論、これまでの話の中に全ての手がかりは出てきている。

　是非、見事答えて事件を解決してほしい。

　なお、この挑戦がフェアなものになるよう、以下に推理をする際の前提条件を示す。

・この物語において、主人公のヴァンは「信頼できる語り手」である。つまり彼が幻覚を見ていたり、あるいは二重人格であったりはしないし、犯人ではない。
・犯人は登場人物紹介に名前があがっている人物である。すなわち、「シャドウは存在しない」。
・ここでいう犯行とは「ブラドの殺害」「モーラの殺害」「ハントの殺害」「キジーツの殺害」についてである。それ以外の事件については考えなくともよい。
・事件の展開からして当然の帰結ではあるが、物語中で死亡したことはその人物の潔白を証明しない。
・物語内に描写や言及のない高度な科学技術が使われてはいない。
・物語内に描写や言及のない特別な能力、技能を犯人が使用してはいない。これは聖遺物に関しても同様であり、描写のない聖遺物の能力を使用してはいない。
・物語内に描写や言及のない限り、物語の世界の物理法則は現実の世界のものに則する。
・物語の世界の魔術については、物語内に描写や言及をされているような制限があり、万能ではない。
・動機の推理は必ずしも必要ではない。ただし動機の推理が、犯人特定のヒントにはなりうる。
・プロローグはヒントの役割を果たしている。
・叙述トリックの一種が存在する。

5　推理

ひとまずの、表面的で客観的かつ大雑把にまとめた説明が、つまり俺が意識を失うまでの説明が終わる。

だが、目の前のキリオはまったく納得した顔をしていない。頰を膨らませて、

「だから、結局どういうことなのよ」

ほとんど怒鳴るように叫ぶ。

「ううん」

俺は唸る。そうは言っても、俺自身、結局全体としてどういうことだったのかは未だにわからない。なにせ、さっき救出されたばかりなのだ。

毛布を羽織っているし、さっきからずっとホットワインを飲んでいるがまだ薬の影響か少し寒い。暖炉も焚(た)いてもらっているというのに。

「私からもお願いしたい。君の話で、息子が死んだのはわかった。だが、どうして、何故死んだのか、それがわからなければ納得のしようもない」

一気に老け込んだ様子のベントが言い添える。

その心情は理解できなくもないので、俺は悩む。

俺たちがいるのはベントの屋敷の客間。出発前、あのダンジョン攻略を依頼された場所だ。ベントが雇った救出部隊に助けられて、治療を受けた後ですぐにこの客間に集められた。

「ヴァンのピンチを知ってかけつけた、このシャークのエース医術者、キリオが治療してあげたんだから、もう元気でしょ。さっさと話しなさいよ、特に」

キリオが蛇のような目をして、横に座っている少女を睨む。

「そこの女との関係とか、詳しく」

「いや、エニは、さっき言ったようにパーティーのメンバーだよ。それ以上でも以下でもない」

同じようにホットワインを飲んで、その味に舌鼓を打っているエニは上機嫌だ。

「そうよ、大体、あたしがいないとヴァンだって死んでたかもしれないのに、何よその態度」

と口では言いながら、キリオをおちょくるようにエニの手がそっと俺の肩に乗る。

「ちょっと、肩！」

激昂（げきこう）するキリオを無視して、

「しかし、確かにどこから話すべきかは難しいな。それぞれが、それぞれの考えで動いていた部分もあるからな」

鎧を外して、珍しく身軽な格好をしているジンが言う。

まだ寒けがする俺と違って、ジンは極めて血色がいい。さっきからばかすかとホットワインを飲んでいる。

「そうだな、話すとしたら、全員がそれぞれ、自分の行動と思考を話していくのが結局一番早いかもしれない」

槍を置いた、幾分か表情の柔らかいウォッチが賛成して、

「ウォッチ殿がいうならそれが正しいかもしれねぇけどよ、全部、ばらばらに話していても収拾がつかねぇだろ」

そして、それに少し遠慮しながらヘンヤが異を唱える。

こんなヘンヤの態度も新鮮だ。

「ああっと、どうだろうな。ばらばらに色々なことを考えたり、行動したりはハントとモーラが死んでしまった事件があった後、キャンプに戻ってからが一番目立つ気がするな。そこから話すんでいいんじゃねぇか？」

ジンの意見に、反対は出ない。

「なら、まずはヴァンから」

いくらワインを飲んでも顔色をちっとも赤く染めず、真っ白いままのシロナがここで口を開く。

「え、俺？」

「妥当だな」

頷くのはウォッチ。

「あの事件の大枠を最初に捉えたのはお前だ。お前の話から始めるのが一番わかりやすいだろ」

ジンに促され、俺は皆の顔を見回す。

誰もが、俺が話すことを期待している顔をしている。

正直なところ、七探偵の一人があれだけ犠牲者を出したうえで、こんな場所でぬくぬくと得意げに事件の解説するなんて恥ずかしいが、仕方が無い。

俺は、話を始める。

「キャンプに戻って、ダンジョン攻略に慣れていないというのもあって、恥ずかしながら疲れの溜まっていた俺は事件について考えながら半分眠ってしまったわけだ。で、夢を見た。ダンジョンを上がっていくんだけど、上がれば上がるほど体が重くなるって夢だ。夢からはキジーツの悲鳴で起こされた。ああ、ちなみに、起きたときにはエニがいなかったんだけど」

そこでエニを見るが、彼女は黙って肩をすくめる。

「ともかく、悲鳴に対してどうすべきかをジンによってキャンプの中心に集められた俺たちは話した。だけど、俺はちょっと寝ぼけていたこともあって、整理することなく、夢の内容とか寝る直前に考えていた事件についての思考をそのままつらつら喋っちゃったんだ。大失態だよ」

その様が本当に恥ずかしいので、そこでホットワインを呷って誤魔化してから、

「ただ、そこで喋りながら、気づいたんだ。ほら、喋っているうちに内容が整理されて正解が出ることってあるだろ、あれだよ。ともかく、考えるべきは、材料は何かって話だ。推理しようにも、何もかもわけがわからなくて推理しようがない。わからないことが、材料が多すぎる。だから、そこから材料を選択しなくちゃいけない」

キジーツは材料がないと表現して、俺は材料が多すぎると表現した。正反対のことを言っているようで、今にして思えば同じことについて別の表現をしただけだ。

「じゃあ、まず考えるべきは何か。それはもちろん、ハントとモーラの事件だ。どう考えても密室の中から、完全に消失してしまった。この異常さ、さらにあの迷宮では以前から同じような事件が起こっていて、時空を操るモンスター、シャドウなんてものまで噂される始末だ。つまり、ダンジョンの抱える秘密とあの事件はリンクしている。最初に考えるべきは、あの事件だ」

空にしたグラスをテーブルに置く。

「それと、俺の見た夢の内容がリンクした。ダンジョンを上がるほど体が重くなって、つまり進みにくくなる。これって現実の俺たちの内容そのままじゃないか？　キャンプのある地下七階よりも下なら、俺たちはまだ自由にダンジョンを探索できた。けど、逆に上に進もうと思えば、ポイズン

リザードっていうモンスターがいる。致死の毒を持つそいつと、仲間を心から信頼できない状態で戦うのは危険すぎる」

「確かに、そうね」

キリオが頷く。

「医術師を信用できないっていうのは、かなりつらいわね」

「ああ。けど、妙な話じゃないか？　つまり、上に登った方が難易度が上昇しているんだ。そこに、いくつかの情報が重なる。壊れている入り口、同じように壊れている帰還石、地下一階から中級ダンジョンの最深部相当の難易度、同じく地下一階から中級ダンジョンの最深部相当のアイテム、それ以上進めない地下十階」

「馬鹿な」

俺がキーワードをあげていくのを聞いていたベントが、喉をごくりと鳴らす。

「そんな、馬鹿な」

「考えてみれば、当然の話で、地震で入り口が埋まったって話だったけど、そもそも埋まったのが入り口だけだって誰が保証するんだ？　入り口だけじゃなくて、『丸ごと』埋まったのかもしれない」

「つまり、土中迷宮、帰らずの地下迷宮は」

さすがにこの結論に驚いたのか、キリオは目を見開きながら、

「地震で埋まった『塔』だったってわけ？」

「ああ、塔の最上部、つまり通常なら最後に辿り着くべき場所の天井や壁が壊れて、おまけに丸ごと埋まってしまった。だから、誰もがその壊れた最上階を入り口と勘違いして、一番下にある『入り口』を目指すはめになったんだ」

「まて、やはり、おかしい」

ベントは納得がいかないのかテーブルをこつこつと苛立たしげに指で叩く。

「あの、壊れた帰還石はどう説明する？　誰かが偽装したものだというのか？　だが、そもそもあのダンジョンは、歴史研究のための発掘で、偶然に発見されたものだぞ？　一体、誰がどのタイミングで帰還石を偽装するんだ？」

「最初からあった、と考えるのが一番自然な気がしますね」

俺はあっさりと答える。

こればかりは、完全な想像で答えるしかないから気が楽だ。

「最初だと？」

「ああ、最初というのは、つまり発見された時点で、です。そのときには既にあの、偽物の壊れた帰還石があった」

「理屈が合わんぞ」

混乱してベントが頭を片手で抱える。

「いやいや、単純に考えるべきです。あの地方は元々地震が多いんでしょう？　つまり、いたんですよ、昔、それも記録に残らないくらいの大昔、あのダンジョンを発見した冒険者が。偽物の入り口から入ったその人間は、すぐに自分がいるのが塔の最上階だと気づきます。が、どうしたことか、その冒険者は底意地が悪いのか、たちの悪い悪戯をしたわけです。何も知らない大勢の冒険者が命を無駄に賭けるような悪戯を」

「なるほど、その後で」

ぽん、とジンが手を叩く。

「また地震が起きて、その偽物の入り口が埋まっちまったわけだ。で、それをモーラたちが掘り起こす、と」

「ああ、経緯としては、それが一番自然だと思う。さて、そうなれば、密室からの消失なんて何の問題もなくなる。本当の入り口には、帰還石が存在しているわけだから」

「ちょっと待ってよ」

エニが顔をしかめる。

「その本当の入り口とやらには、どうやって行くの？　つまり、あのダンジョンは『後戻りができない塔』だったわけでしょ？　だから、地下十階よりも下に潜れなかった。一番最初に入り口の帰還石に同期しなくちゃ、入り口に帰還しようがないじゃない」

「そうそう」

そういうことだ。

「つまり、ダンジョンを通って偽の入り口から本当の入り口に辿り着くのは不可能なわけだ。となると、外を通るしかない」

「外って、外は土の中、あ」

キリオが言いながら、ようやくその事実に気づいたのか言葉を止める。

「ひひ、そういや、あのダンジョンにいくまで、モーラたちディガーが掘った穴を右往左往したな」

自分の迂闊さを笑うように、ヘンヤは照れた顔で口の端を持ち上げる。

「いくつも横穴があって、別の道に行かないようにとモーラに釘を刺されたもんだが」

「あの横穴のうちどれかが、本当の入り口に続く穴になっていた、多分そんなとこだと俺は予想している。ともかく、そこで俺は気づいたわけだ。つまり、この事件には」

あの、小柄な、まるであどけない少女のような穴掘り屋の姿を思い浮かべて、俺は言う。

「モーラが深く関わっている。これは、間違いないことだ」

「半分寝ぼけてたようなヴァンの言葉が次第に理路整然としてきて、最終的にこんな結論が出たときは驚いたぜ。まったく、腐っても七探偵の一人だ」

馬鹿にしているのか褒めているのか、ジンの軽く細めた目を見ながら、俺は中途半端に誤魔化すような笑いを浮かべる。


「話がそこまで進むと、後はパズルみたいなものだ。ハントとモーラが消えたのは、帰還石を使ったと考えられる。つまり、モーラは仕掛ける側だ。じゃあ、ハントはどうなのか」

話がそこまで進むと、ベントがおそらくは無意識のうちに身を乗り出している。

「あの消失の直前の密室で、ハントは、シャドウがいるとか、モーラはもう殺された、とか言っていた。密室からの消失が帰還石によるものでシャドウなんて存在しないという前提でそこから考えたら」

「自動的に、ハントも犯人側になる、か」

ウォッチは納得したのか何度も頷く。

「し、しかし、ハントは、息子は結局死んだんじゃないのか？」

呻きながらのベントの反論に、

「そうです。さらに言うなら、第一の被害者のブラドはハントの師匠役でした。それなりに近しい関係だと推測されます。この状況で、モーラとハントが共に犯人側、そしてハントが後に死んでいることを合わせて考えれば、この事件の本質が推測できます」

「くだらない話だけど、この事件の本質は、つまり、仲間割れ」

ぽつりとシロナが結論を呟く。

「そんな」

絶句するベントに、俺はなるべく柔らかい口調で、

「といっても、ここまでの話に確証があるわけでもありませんでした。ぼんやりとわかっただけです、少なくとも、あの時点では。確証もなかったですし、自分でも喋りながら思いついていたくらいです。ですが、俺がそこまで喋ったところで、話が動き出した。当然ながら、俺だけが色々と考えていたわけじゃあない。ここにいる、一流の冒険者の皆も当然ながら色々と考えていて、そして俺が事件の大枠をぼんやりとですが捉えたことでそれが動き出したわけです」

そこで、俺はジンに顔を向ける。

「じゃあ、次はジンで、いいか？」

「いいだろう、大した話じゃないがな」

そうして、今度はジンの話が始まる。

「俺も、キャンプで寝ぼけたヴァンの話を聞く以前から、怪しいのはモーラだと考えていた。ま

あ、俺の場合はヴァンのように理論的に考えたわけじゃあなくて、大部分が経験則だ」

「経験則から、モーラが怪しいと判断したって、どうやって？」

キリオの疑問に、ジンは空になったホットワインのおかわりを催促してから、

「実は、結構あるんだよ、パーティー内で仲間割れして殺し合いってのはな。話には何度も聞いたことがあるし、俺自身、三回くらい巻き込まれた。その感覚からすると、今回の犯人、というか犯人側か、それが一人だと、つまり単独犯だって予想できたわけだ。考えてもみろ、途中から俺たちの信頼関係はばらばらになって、全員が疲弊させられていた」

「そうだな」

ウォッチが無味乾燥な相槌（あいづち）を打つ。

別に悪気があるわけではなくて、こういう人間なのだろう。

ジンも気にする様子はない。

「だがそんなことをせずとも、俺の感覚からすればあのパーティーの中に裏切り者が二人以上いれば、不意をついて全員を制圧することは可能なはずだ。そうではなくてじわじわ疲弊させるやり口が、どうも単独犯っぽいと思ってな。だが、その割に単独犯がモーラとハントの二人を一挙に、それも密室から消失させるなんてマネをして片付けるっていうのも妙だ。それこそ、じわじわ一人ずつ片付けそうなもんだろ。だから、あの二人の消失は茶番。けど、二人が組んでいるとなると単独

犯という前提が崩れる。答えは簡単、どっちかが利用されている。で、ハントとモーラだとどっちが利用されやすいかっつうと」

そこでジンはちらりとベントに目をやって、

「悪いけど、ハントだ。役者が違う。趣味で冒険者やっている貴族様と、裏切りや殺し合いも珍しくないダンジョン攻略を生活のために無数にこなしてきたベテランじゃあな。だから、犯人はモーラだ、そう思った。それから、だとしたら今も俺たちを監視しているだろうな、そう思ったんだ、キャンプで休みながら。俺たちから見つからない場所から、じっと俺たちを見張っている。逆に、一人なら見張らないと安心できないだろ。つうか一方的に見張りたいから自分の死を偽装したのかもしれない」

その感覚は、何となく理解できた。

俺たちも恐れていたが、モーラも恐れていたのだ。腕利きの冒険者たちを。決して、無力な獲物ではなく、反撃で殺されかねない凶暴な虎だ。

「見張るのにちょうどいいものがダンジョンにはある」

「一方通行の壁」

シロナが答えを言う。

「そうだ。一方的に透明な壁から監視できて、声も聞ける」

俺は壁越しに声が聞こえたときのことを思い出している。

ハントとモーラ、あの二人が密室に入っていたときのことだ。

声は、はっきりと聞こえた。

「だとしたら壁に近い場所で、モーラが怪しいとか、重要な話をするのは危ないだろ。だから、キジーツの悲鳴のとき、いい機会だと思って全員を壁から離れたキャンプの中央に呼んだ。そこでヴァンがモーラが怪しいって話をし出すわけだからな、危ないところだった。中央に集めてよかったぜ」

確かに、あれを壁に近い場所で喋っていたら、そしてその近くに一方通行の壁があってモーラがそれを聞いていたら、展開はまったく違ったかもしれない。

「ともかく、そこで俺とヴァンの見解は一致した。だから遠くで見張っているであろうモーラには聞こえないように、俺たちはぼそぼそと話し合うことにしたわけだ。俺とヴァンが説明したら、全員納得はしてくれたしな。もちろん、ずっとぼそぼそ話していたらモーラに怪しまれるから、どうでもいい話を大きめの声でしたりとかカムフラージュはしておいた」

「じゃあ、その時点で全員の中で、犯人はモーラで今の仲間の中に犯人はいないって共通認識ができてたわけ？」

内容を整理しようとしているのか、こめかみに指を当ててキリオが宙を睨む。

「ああ、ただし、それをモーラに勘付かれたらまずいからお互いを疑う演技を続けるようにしたがな。勘付かれた場合、シロナが一番危険だ」

「ええ」

自分の名前が出たことで、話はシロナに移る。

「モーラは私たちをダンジョンから出したくない。そのための生命線は、私たちの信頼関係の破壊と、ポイズンリザードの存在。特に、医術師の私が信用できないのが決定的。そのために、キャンプから上に行けない」

「けど、逆に言えば、信頼関係が一応でも回復すれば、あるいはダンジョンを突破して地上に戻ることも可能ってわけだ」

ヘンヤが言うとシロナは静かに頷いて、

「だから、信頼の回復が犯人にばれたら、一番に狙われるのは私。犯人はわからなかったけど、それは予想できた。だから、私はキャンプで薬の調合をするフリをしながら、その予想内容と、対策の提案を紙に書いて、それで薬を包んだ」

「俺に薬を渡してきたときはびっくりしたけどね」

そのときのことを思い出して、俺は思わず笑ってしまう。

「本当に、俺の頭がおかしくなったと判断されたのかと思ったよ。けど、中を開いてみて内容がわかったから、全員にその文面を見せるようにしたけどさ。できるだけ自然に」

「ひひ、結構不自然だったぜ」

「いやあ」

ヘンヤの指摘に返す言葉がなく、俺は頭をかく。顔が熱い。

「本当は信頼できる人を見極めてその人にだけ渡すつもりだったけど、ヴァンとジンの話を聞いて、全員に見せるべきだと判断した」

「それで、対策の提案って言うのは?」

シロナに対し、キリオが興味津々の顔をするが、

「その前に、言うことがある。紙に書いたのは、実はそれだけではない。エニのことも書いた」

「あ、そうだ」

目を大きくしてキリオがエニの方を向く。

「そう言えば、そのタイミングでは既にエニって行方不明になってたんだっけ」

「そういうこと」

ふふん、とエニは胸を張って、

「じゃあ、ここで凄腕(すごうで)炎術師エニが果たして何を思って何をしたのか、そしてどうやって皆の命を救ったのか教えてあげましょう」

「いいから早く言ってよ」

明らかにキリオはいらいらしている。

イラつくキリオは怖い。俺は特に怖い。

「私は、犯人が誰かっていうより、犯人じゃないのは誰かってずっと考えてたの」

イラつくキリオには目もくれず、というか明らかに意識的に無視しながら、エニはまた俺の肩に手を乗せる。

正直、心臓に悪いからやめてほしい。キリオの目が吊り上がってるし。

「つまり信用できるのは誰かってこと。それでよく考えてみると、犯人が私たちの全滅を目的としてるって前提でなら、一人だけ信用できる人がいたわけ」

「それが、シロナか。まあ、そうだ、考えてみれば当然だ。むしろ、異常な状況だったとはいえ、それにエニ以外の全員が思い至らなかったことが今となったら不思議なくらいだ」

ウォッチは本当に不思議そうな顔をする。

「まあね、冷静に考えれば当然の話で、傷の治療を最初の時点では任されていたシロナなら、毒を使えば私たちを全員殺すことができた。そもそも、最初のブラド一人が死んだ事件だって、本当にシロナが私たちを全員殺すつもりなら、全員の食事に毒を盛っておいて、自分だけ解毒剤を飲むなんて方法で簡単に全滅させられているはずでしょ」

確かにそのとおりで、さらに言うなら、もしシロナが犯人で目的が俺たちの全滅ではないとしても、やはり俺たちにとって、少なくとも殺される心当たりが無い人間にとっては脅威にはならない。

「というわけで、皆の目を盗んで、私はシロナと直談判したの。最初は警戒されまくってたけど、何とかなったわ」

「そのときにモーラが二人の会話を聞いていなくて本当によかったよな。もし聞いてたら、エニとシロナの殺害を最優先にしたはずだ」

今更ながらぞっとしたように、ジンが強張った顔を撫でる。

「そこは確かに完全に運が良かったわね。で、そこで直談判して、犯人の裏をかくことにしたわけ」

「裏をかくっていうのが、つまり」

ようやく合点がいったのか、キリオがまだきつい目をしながらも頷く。

「そう。ポイズンリザードの解毒剤をシロナからたっぷりもらって単独で地上に向かったわけ。シロナを信用できないから上がれないっていうのが犯人の目論見なら、私一人がこっそりシロナを信用して協力してもらって上を目指すなら、盲点だから犯人も見逃すかもしれないでしょ」

「それにしたってギャンブルだ。さすがは冒険者というか、すげえ度胸だぜ」

ヘンヤは感心と呆れをミックスしたため息をつく。

その点に関しては俺も同感だ。

やはり、冒険者だからか、実際だったら恐ろしくて行動できないような行動をとる。たとえ、行動しない方が真綿で首を絞められるように状況を不利にするものだとわかっていても、それでも危険な行動をとれないのが通常の人間だろうに。

そこで動くことができるのが、冒険者という人種なのだろう。


「まあ、そういうわけで私が決死の思いで外に出て、ベントさんに是が非でもさっさと救助隊を出せってお願いしたわけ。もっと感謝していいわよ」

ふふん、と鼻高々なエニをキリオは無視して、

「シロナさんが言っていた、自分が殺されるかもしれないことに対する対策っていうのは？」

「簡単。殺されるよりも先に、死ねばいい」

「えっ」

一瞬キリオは飛び上がるが、

「ああ、そっか、そういうことね。犯人に、死んでいると勘違いさせるわけね」

「そう、そのために一番いいのは、仲間割れして殺しあったと思わせればいい。そういう内容を紙

に書いておいた」

「その案はいいように思えた。ジンの話を聞いて、犯人が俺たちの動向をうかがっているのを予想できたからなおさらにな」

ウォッチはそのときのことを思い出すように目を閉じる。

「そして、その案をさらに改良することにした。つまり」

「全員で殺し合って、相打ちって話にしようってことだ。ひひ、そうすりゃ、犯人は満足してどっか行くだろ。あるいは、俺たちにまだ息があるかどうか確かめようとこのこと近づいてくりゃ、そこを斬れる」

ヘンヤは手刀を喉に当てて斬るしぐさをする。

「こっそり話をしているうちに、そういう案をウォッチが出して、ヘンヤもかなり乗り気になった」

ジンは苦笑して、

「あまりに二人が自信がありそうだったから、俺たちも乗ることにしたってわけだ」

「そもそも、二人については謎だよな」

これまで必死だった俺は気づかなかったが、ヘンヤとウォッチについては未だに謎だ。

「あれだけ因縁がありそうで、正直仲が悪そうだった二人が、どうして仲間割れと殺し合いの演技なんて危険でよほど信頼し合ってないとできないようなことについては一番に同意したのか。あの殺し合いの演技中に言ってた二人の因縁は、あれは本当なのか。結構、二人については未だによくわかっていない部分が多い」

「ああ、まあ、大した話じゃねえけど」

ヘンヤはぽりぽりと頬をかく。

「気になるなら、別にもう言っちまってもいいよな、ウォッチ殿」

「もう隠すような話でもない」

ウォッチは頷く。

「あの因縁話に出てくる、ホウオウ家ってのがうちの師匠と指南役を争った挙句潰れたってのは本当だよ。けど、それ以外は全部でたらめだ。大体、ウォッチ殿はホウオウ家じゃねえしな」

「はっ⁉」

ヘンヤとウォッチ以外の全員の声が重なる。

「ああ、偽名だ。俺は貴族ではない。本当の名は、ウォッチ、ただそれのみだ」

「影だよ、俺の師匠のな」

「影？」

首を捻る俺。

何だそりゃ。シャドウと関係があるのか？

「なるほど」

一方のジンは腑に落ちた顔をする。

「噂には聞いていた。剣術指南役として、一切の卑怯なマネができず、全ての挑戦を受けざるを得ないがゆえに、セキウン家は影と呼ばれる調整役を飼っていると」

「要するに裏の便利屋だ。俺もウォッチ殿にはずいぶん世話になったぜ」

ヘンヤの補足説明でなるほどと思う。

あの様々なギミックが仕込んであった槍は武人らしくないとは思っていたけれど、裏の人間だったわけか。

「ひひ、もちろん、ウォッチ殿が今回の探索に参加するってことは、師匠からの何らかの任務なんだろう、ぐらいは想像できたぜ」

背もたれに全体重を預けるようにリラックスしながらヘンヤはウォッチに目をやり、

「けど、どうもウォッチ殿がよそよそしいし、よりによってセキウン家にとって宿敵のホウオウの名で紹介されたからな。他人の振りをしろってことだと思って、よそよそしい態度をとってはみたが、ひひ」

自分で笑ってしまってから、

「俺はそういうのが下手みたいで、やりすぎて逆に因縁があるみたいな態度になっちまったな。しょうがないから、途中から因縁があるように演技をシフトするはめになったぜ」

「ふうん、で、結局、ウォッチが今回の件に参加したのって何の用だったの？」

結構聞きづらそうなところを、無邪気にエニが突っ込む。

「単なるお目付け役だ。セキウン流の跡継ぎ、どうやら御館様はヘンヤにしようとしているらしい。そのヘンヤに、冒険者の真似事で何か変なケチがついたらまずいということだった」

過保護だな、と俺は呆れる。

「ともかく、俺とヘンヤは昔何度か稽古をしたこともあって、ある程度お互いの手の内はわかっているし、人となりも理解している。殺し合いの演技をして犯人を騙すことに自信はあった」

多少無理矢理にウォッチが話題を軌道修正する。

「だから提案したわけだが、俺としてもヘンヤの好戦的すぎる性格は誤算だった。予想以上だ。御館様が心配するわけだ」

珍しく、呆れたように眉を寄せたウォッチがヘンヤの顔を見る。

「途中から、犯人を騙そうという気も薄れていたからな。発言も露骨になってきていた。モンスター以外を斬りたいだの、待つよりもやりたいだの」

確かに、あの発言のときは、はらはらしてしまったものだ。

俺たちからすれば、ほとんど直接的に「犯人を斬りたい」とヘンヤが言っているようにしか聞こえなかった。

「ひひ、悪かったって。けど、お前らがいつまでも優柔不断に迷ってるからよ」

「それは、確かに」

シロナが認める。

「ヘンヤの力業がなければ、結局俺たちが殺し合いの演技を始めたかというと確かに微妙だ。やっぱり危険だしなあ」

ジンの言葉は正しい。

そして、その殺し合いの演技がうまくいって今、俺たちが生きていることも正しい。

だけど。

「結果論だろ」

俺がちくりと言うと、

「結果が全てだぜ、ひひひ」

余裕たっぷりにヘンヤは笑う。

「いやいや、ヘンヤに無理矢理押し切られるようにして始まった殺し合いだから、かなりところどころに無理があったからな。今考えても冷や汗ものだ」

当時の緊張を思い出したのか、ジンの顔色が悪くなる。

「そうだなあ」

俺もあのときの不安を思い出す。

「まず、誰も明らかな傷を負ったり、血を流したりしてないから、それだけでも不自然極まりなかったよな」

「ひひ、そうだったな。まあ、ウォッチ殿が口から血を流してくれて少しは誤魔化せたんじゃねぇか」

「悪あがきもいいところだがな。口の中を噛み切る程度で少しでも犯人の警戒が緩むなら迷う余地はなかった」

ウォッチは冷静だ。

「あ、そうそう、シロナのあれも凄かったよな」

俺はぽんと手を打つ。

「目を見開いて死んだ演技をしたやつ。あれ、本当に事故で死んだんだと思ってたよ」

それほどリアルだった。

だから、全て滅茶苦茶（めちゃくちゃ）になったと絶望して混乱したんだが。

「含んでいた痺れ薬を飲むと同時に、魔術で血の流れを遅くしたら、いわゆる仮死状態を作れる」

無味乾燥にそれだけ言うシロナに、

「へえ、なかなか高度なことをするわね、そんな極限状態で」

同じ医術を使う人間として感心したのか、キリオが声を上げる。

「ちなみに、俺の体に注入されたのは何の薬？」

そう言えばと思い出して俺は聞く。今になって不安になってきた。後遺症の残る毒じゃないだろうな。

「ああ、あれは痺れ薬。ただし、私が持っている中でも一番強力な。場合によってはそのまま死んでいたかもしれない」

「嘘だろ⁉」

叫ぶ。

「こっちだって刺すつもりはなかった。事故でヴァンに刺さってしまった。けど、怪我の功名。その事故や、本当に混乱するヴァンのおかげで、あの不自然な一連の殺し合いに、犯人を何とか騙すことができる程度のリアリティを持たせることができた」

「それは確かにそうだな、お手柄だぜ、ヴァン」

ジンに褒められるが、全然嬉しくない。

「詳しく打ち合わせする間もなく、ほとんどアドリブで演技に突入したんだから、そういうアクシデントが起きるのも仕方ねぇな」

それを始めた張本人だというのに、ヘンヤは他人事のように分析する。

「ともかく、結果オーライだな。シロナの様子を見にのこのこ近づいてきたモーラを、俺が跳ね起きて斬りつけてやった」

ジンがそう言うのを、

「何を言ってんだよ、結局逃がしといてよ、俺だったら首刎ねてやってるのに」

口を尖らせてヘンヤが文句を言う。

多分、単に自分が斬れなかったのが悔しいだけだろう。

「待ってくれ」

そこで、ベントが疲れた声で割って入ってくる。

「大体の流れはわかった。諸君にとって、事件がどういう流れで起こって、そして終わったのかは。だが、結局のところ、事件自体の真相がよくわからない。動機も、ブラドとキジーツがどう殺されたのかも、まったくわからない。私の息子が、ハントがどうなったのか、も」

最後は、声を詰まらせる。

「まあ、そこは、なあ」

ジンがちらりと俺に目を流す。

「探偵、お前はそれが本業だろ。わからないのか?」

無茶を言う。

だが。

「確かなことは何も言えないし、今となっては想像するしかないけど、推測ならあるよ」

今、事件を思い出しながら喋り、そして皆の話を聞いているうちに、ゆっくりとばらばらなピースが大きな絵になろうとしていた。

「おっ、さすが」

キリオは嬉しそうに笑顔をこぼし、

「本当に?」

目を丸くしてエニが驚く。

「まあ、本当に、完全な推測だから、確実な証拠なんてないけど、それでもいいなら」

俺は、そうやって予防線を張りながら、どういう順序で説明するのが一番わかりやすいかを頭の中で組み立てる。

そうだな、まず、最初は。

「まずは、ブラドがどうやって殺されたか、それから考えるのが手っ取り早いと思う」

「ブラドの死に方、シロナの見立てでは毒殺ってことだった。そして、それをシロナが犯人じゃないとわかった今、疑う必要もない」

俺はまずそこから詰めていくことにする。

「つまり、どうやって毒を盛ったか、が焦点になるわけだ。ここまでは全員が同意してくれると思う」

そう言って見回すと、誰もが軽く頷く。

「食事に毒を盛るとしたら無差別な方法がありうる。例えば全部に毒を入れておいて、犯人だけ解毒薬を飲むとか。けど、それはしてない。俺たちが生きてるわけだからね」

「一人だけ、誰に当たってもいいから毒を盛ったとかは？」

キリオの質問は確かに妥当ではあるが、しかし。

「どっちにしろ、その毒の入った食事を任意の人物に食べさせる方法がないと、そのやり方はしないんじゃないかな。もしも、その毒が自分にあたったら、解毒剤で死ぬことはないとしても、結局何の意味もないことになる」

自分で毒を飲んで、自分で解毒するとしたら、ただ単に誰にも気づかれずに毒殺の機会を逃すだけだ。それに、誰でもいいのなら、やはり全員分に毒を盛るのが当然な気がする。

「だから、やっぱり食事のときに毒を盛られたとは考えにくい」

「けどよ、全員が寝てから、こっそりあの鉄の箱に忍び寄ってってのもなしだぜ。自分で言うのもなんだけどよ、寝たとはいえ、いや寝たからこそ一応俺は警戒してたから、妙な動きを誰かがしたら気づく自信はあるぜ」

確か、ヘンヤはあのときも同じようなことを言っていたな。

「別にそれがなくとも、夜中にこっそり毒殺するって手はあまり考えられない。なにせ、男女別に分かれて皆で狭いテントの中で寝てたわけだから。普通、そこを抜け出してこっそり殺しに行くなんて危険すぎる」

「それもそうだな。では、いつ毒を？」

ウォッチに促され、俺は自分の考えを答える。

「食事より以前、キャンプに降りる過程としか考えられない。遅効性の毒なら、それでも問題がないはずだ」

だが、俺の答えに誰もが首を捻る。

やがて、代表するようにシロナが疑問を呈する。

「反論が二つ、一つはそれまでに毒を盛る機会があったとは思えない。もう一つは、いくら遅効性とはいえ、そんな前から毒を盛られれば、痛みや体の不調を医術師である私に訴えるはず」

「毒を盛った、というより、打ち込んだんじゃないかな」

これもまた、確かな証拠があることではないが。

「は？」

意味がわからないのか、エニが眉を寄せる。

「毒を塗ったナイフか何か、それで刺して毒を打ち込んだというのが正確なところだと思う。確かに、口から毒を摂取させる機会はなかったと思うしね」

「馬鹿な」

吐き捨てるように言うのはベント。

「私はあの男のことを知っている。あの男は、そう易々（やすやす）と攻撃を受けるような男ではないし、そもそも、武器で攻撃されたのならなおさらすぐに気づいてシロナに治療を求めるだろう。それに毒が塗られていたかどうか知らずとも、だ。あの男は病的なくらいに用心深い男だ」

「そう、用心深い人でした」

ダンジョンで、背中を極力見せようとしなかったブラドの姿を思い出す。

「毒を飲むのを警戒し、背中に人が近づくのを警戒した。それが凄い不思議でした。ブラドの戦闘スタイルは、敵からの攻撃をものともしないで巨大な剣で叩き斬るってものですから。その臆病さと、どうしても矛盾しているように思えました。けど、その疑問もジンに教えてもらったブラドの過去で、ようやく解決しました」

「え、俺？」

訝しげなジンに、

「ブラドの、手のひらの火傷の話だ」

「ああ、あの話か」

「有名な話よね」

ジンに続いて、エニも口を出してくる。

どうやら、冒険者の間では有名な話らしい。

逆に、ヘンヤ、ウォッチ、そしてキリオという冒険者ではない人間がぽかんとしているので、

「いや、実は」

と、俺は自分がブラドの火傷を見つけた経緯、そしてそれについてジンに教えてもらったエピソードをできるだけ要約して伝える。

「その話が、どうかしたのか？」

ヘンヤはまだピンとこないらしく、目を瞬(しばた)かせている。

「根性があるとかないとか以前に、燃え盛る鎧の手首を掴むっていうのが、どうも納得できなかった。反射の問題だ。熱いものに手が触れたら、手を引っ込めてしまう。普通はそうだ。それが、自ら掴みかかって、命を拾った。凄い話だ。もちろん、訓練をしたり経験を積めばそういう反射もあ

る程度制御できるのかもしれない。けど、そのときのブラドは駆け出しだったはずだろ」

だから、ふと思ったのだ。

「だから、鈍いんじゃないかと思ったんだ。熱さをあまり感じなかったから、そんなことができたんじゃないかと。耐性でもあるのかと。そんな風に思っていたら、それがブラドの戦闘スタイルとも結びつくことに気づいた。敵の攻撃を受けながら攻撃する。痛みを感じて怯んでいたらできない戦闘スタイルだ」

「そうか、つまり、ブラドは」

頷きながらもシロナが目を丸くする。

「けど、そんな話、聞いたことがない。よく思いついたわ」

感心されるのは悪い気がしないが、実のところ、それは俺が転生者だからだ。テレビを見ているだけでも、世界中の珍しい事件や体質、症例については情報収集できる世界の住人だった。

「ああ、そうだ。ブラドは、五感のうちの触覚が、皮膚感覚が鈍い、あるいは完全にない人間じゃないかな」

そう考えれば、あの戦闘スタイル、そしてそれと相反する臆病さも説明がつく。

「そう仮定すれば、背中を気にするのは当たり前だ。目の届かないところでこっそり後ろから攻撃されたら気づかないわけだからな。味方の接近だって過敏になる。見えない、聞こえない角度では自分に何をされても気づかないわけだ。恐怖だし、ある意味でこれほど冒険者に向いていない奴もいない。けど、ブラドは、逆にそれを痛みを恐れない戦闘スタイルとして昇華させて冒険者として名を売った。今更だけど、ブラドは相当に屈折した性格の持ち主だと思う。結構興味深い奴だったのかもしれない、深く知る前に死んだけどさ」

「つまり、ダンジョン攻略中に、こっそりと毒を塗られた武器で刺されたわけか」

まだ半信半疑の顔で、ジンが確認してくる。

「実際、俺はモーラがブラドの背中に近づきすぎて注意される場面を見てる。多分、そのときにこっそり刺したんじゃないかな。あまり血が出たりしない、長い針みたいなものを使ったんじゃないかと思うけど」

もっと的確な表現をするなら、アイスピックのようなものだと思う。岩を砕く道具として似たようなものがあるのかもしれない。

多分そういう場合の凶器として一番適当なのはシロナが持っているような金属製の注射器だろうが、あれは医術用の専門器具だろうから、ディガーであるモーラが持っているのがバレたら怪しまれる。針か錐(きり)状のものが妥当なところだろう。

「その時点で受けた外傷については、モンスター相手に喰らった傷を治すための回復魔術や薬草、ポーションの摂取で治る。特に小さな目立たない傷ならなおさらな」

「ポイズンリザードの毒については対処できても、その他の毒の解毒はできない。毒の種類がわからないし、何よりも当人が毒を受けた意識がなければ」

シロナはするすると手を伸ばして、悔いるようにテーブルに手を押し付ける。

「それでも、注意していればブラドの変調に気づけたかもしれない。そうすれば、毒を受けたことに気づいて、毒の種類の特定も、解毒もできたかもしれない」

「無理だよ、無理」

呻くシロナを慰めるつもりか、ことさらに明るい声でキリオが否定する。

「いくら遅効性の毒だからって、当人がまったく体の不調すら訴えないなんて状況、普通は想定しないもの。神様じゃないんだから、こんな異常な事態で完璧に振る舞おうなんて、無理無理」

「……ありがとう」

手を戻して、シロナが礼を言うと、

「はっ!? 何がありがとうなの？」

と、キリオはきょとんとした顔をするが、耳が真っ赤だ。

「話を戻すと」

と言いながらも、俺はついついにやにやしながらキリオを見てしまう。

わかりやすい奴だ。

何故か、エニが不機嫌そうにそんな俺を見てくる。

「ブラドがそうやって殺されたと仮定すると、ひとつ、重要な前提が必要なことになる」

「重要な前提？」

ぴんと来ないのか、不機嫌な顔のままエニが聞き返す。

「いや、当たり前のことだけど、ブラドに皮膚感覚、触覚がないってことを知っていないと、そんな方法を採るはずがないって話」

「ああ、そりゃあ、確かにな」

ジンが納得する。

「けど、あの用心深いブラドが、普通そんな重要な秘密を他人に教えねぇよな？」

「ああ、それに犯人、まあモーラだね、モーラが偶然にその秘密を知ったっていうのも考えにくい。その秘密を利用して殺すわけだから、推測じゃなくて確信としてブラドに皮膚感覚がないことを知っていないといけない。偶然、そのことを『確信』するってシチュエーションはちょっと想像できない。だから、ブラドに直接打ち明けられた、つまりブラドと犯人はある程度親しい間柄じゃないかと推測できる。ここまではいいか？」

「うん」

素直にキリオが頷く。

「ああ、問題ない」

ウォッチも同意する。

「さて、つまりモーラとブラドは親しい。さらに、モーラとハントはある種の共犯関係にあった。そして、ブラドとハントは師弟関係。つまり、この三人については」

「なるほど、全員が一味だと考えた方が自然だな」

俺の言葉の後をジンが引き取る。

「そういうこと。そして、あの帰らずの地下迷宮を最初に発見したメンバーの一人がモーラだったこと、ブラドがかつてあのダンジョンを攻略して失敗、死んでいったパーティーの唯一の生き残りだったこと、そして」

憔悴(しょうすい)を隠せていないベントの方をちらりと見てから、

「ハントがベント・トレジャーの息子であり冒険者であること。こういう事実をいくつか組み合わせて想像力を働かせれば、物語の一つや二つは思いつく」

そうして、俺は一度、言葉を切る。

ここから先は、さっきまでの仮定と推測の上にさらに想像を積み重ねて作り上げた、文字どおりの物語だ。

どうか、この物語が名探偵が提供すべき、「関係者を納得させられる物語」でありますように。

俺が、この事件を終わらせることができますように。

祈りながら、俺は物語を語り始める。


「あるところに、ハントという男がいた。その男は、偉大な父親の元、貴族でありながら冒険者としても活動するべく、師匠のブラドという凄腕の冒険者と日々精進していた」

ちらり、とベントの方を見てから、

「だが、実はハントには自信がなかった。偉大な父親に認められる自信だ。いわゆる、コンプレックスだ。トレジャー家という家名が、重荷になっていた。何とかして自分の力で成功しなくちゃならないと思っていた」

かなり失礼なことを言っているはずだが、ベントは反論することもなく、ただ悄然と目をしょぼつかせていた。

「一方のブラドは、そのハントの心根を見抜いていた。冒険者として鍛えながら、何とかハントを利用して稼げないかと思っていた。言っておくけど、全部俺の想像だ。それも、結構失礼なやつ」

あまりにも周りが黙って聞いているので、一応念を押しておく。

「わかっている。けど」

シロナが唇を指で撫でて言いよどみ、

「少なくとも、その状況でブラドがそう考えたっていうのはそこまで失礼な想像でもないわよ。冒険者なら、誰だって頭をよぎるわ」

エニが言い添える。

確かに、そうかもしれない。

権力と財力を持つ令息が自らの弟子で、しかも何やら表に出せない悩みを抱えている。なるほど、俺だって、うまくやって大金持ちになれないかと考えてはしまうだろう。

「ともかく、そういう風に企んでアンテナを張っていたブラドと、モーラが出会う。この出会いについてはよくわからない。どういう風に絡んで、お互いに何を考えて協力することになったのやら。ともかく、モーラはあるダンジョンを発見したばかりで、しかもそのダンジョンの秘密をただ一人知っていた。そして、ハントとブラド、モーラはそのダンジョンと秘密を利用して、金儲けを企んだ」

「けど、金儲けって一体何だよ？　俺には、いまいちあいつらが企んだことがよくわからねえんだけどな」

首を鳴らすジンを向いて、

「プロデュースだ」

「あん？」

「帰らずの地下迷宮のプロデュースだよ、つまり。絶対にクリアできないダンジョンの上に、詳しく調査しようとする連中は、本物の入り口の帰還石と同期したモーラたちが一方的に殺せる。それも、不可解な状況を演出してね。そのうえで、噂をばら撒く」

「シャドウ、か」

ウォッチの呟きは寂しげだった。

ひょっとしたら、シャドウというモンスターと戦うのを楽しみにしていたのかもしれない。

「そう、そういう不可解な噂をばら撒いて、そしてダンジョンの不可解さがその噂の信憑性を高める。果ては、ブラド自身が他の冒険者とパーティーを組んで攻略に挑んだ挙句、自分以外を全滅させるなんて大胆な行動にも至った」

「そうか、そりゃそうだよな、唯一の生き残りとか大層なこと言われてたが、それは自分で演出してたわけだ」

口を開けてヘンヤは呆れている。

「普通、そんな目立つマネしねぇよな。自分が仕組んでるのに。ああ、ひひ、なるほど、ヴァンじゃねぇが、確かにブラドって男は屈折してるな。心理分析してみたいくらいだ」

「まて、確かにダンジョンの秘密を知っているハント、モーラ、ブラドなら冒険者の排除も容易いだろう。元々攻略不能なダンジョンだ、冒険者の不審な死と噂で帰らずの地下迷宮と呼ばれる超高難易度のダンジョンになるのもわかる。だが、何故だ？　それで、何が起こる？」

「一つは、死体漁りだと思う。ダンジョンが有名になればなるほど、難易度が高いと思われれば思われるほど、高名で実力のある冒険者が挑戦する。その冒険者の装備やアイテムは、かなりの価値があるだろ。馬鹿にできない利益になるはずだ。そうして、もう一つは」

ウォッチの問いかけに俺は両手を広げて、

「当然、これだよ」

と、周りを見回す。

「辣腕の実業家であり貴族、ベント・トレジャーが目をつける。未だ攻略されていない、最高レベルの難易度のダンジョン。ダンジョンで財と名を成したベント・トレジャーが目をつけるのは予想できる。その後は？　当然、攻略プロジェクトが組まれる。プロジェクトは国中、いや世界中の有力者や冒険者が注目するものになる」

「いや、だめだ。それは通らない」

だがウォッチは食い下がる。

「確かにこの攻略計画は注目はされている。だが、それに参加したブラドやハント、モーラが利益を得るためには、財や名を得るためには、結局のところダンジョンを攻略しなければならないはずだ。攻略が失敗に終われば、何も得ることはできない」

「それとも、秘密を解き明かしました、とでもいうの？　それやっちゃうと、今までダンジョンで起きた不可解な事件の犯人が誰かわかっちゃうわよ。モーラが掘った正しい入り口への穴道だって残ってるだろうし」

ウォッチの反論もエニの疑問ももっともだ。

確かに、そうなんだが。

「多分、三人の思惑はそれぞれ違っていたんだと思う」

俺もそこに関してはあまり自信がない。

「ブラドは、また失敗してもよかったんじゃないかな。パーティーが崩壊して、それでもブラドはまた生き残る。それで、ブラドの名は上がるはずだし、そもそもあいつはどうやらそういうのが好きみたいだ。世間を騙したり、逆を行ったりするのが好きな屈折した男みたいだから」

「ハントは、どういうつもりだったんだ？」

ひどく低い声でベントが訊く。

正直、ハントが何を考えていたかは手探りだ。

「おそらく、ハントもあのダンジョンから生きて帰りさえすれば、それで父親であるあなたにも、社会にも認められると、ひどく単純で楽観的な見方をしていたんじゃないですかね。あるいは、小細工を使って自分たちが黒幕だとばれないようにしたうえで、ダンジョンの秘密を解き明かしたことにして、自分が一躍時の人になるのを望んでいたのかもしれない。絶対攻略不能な帰らずの地下迷宮の謎を解いた男、結構憧れる称号でしょうし」

あるいは、と俺は考える。

ベントにはとても言えないが、ひょっとしたらハントはゴールを見ていなかったのかもしれない。ただ死体を漁って小金を稼ぎながら、世界中で話題になっているダンジョンをプロデュースしているということ自体に酔っていたのかもしれない。

世界の話題の中心を自らの手で作り出した、その夢が、ハントにとって巨大すぎた父親への劣等感を払拭してくれる、唯一の武器だったのかもしれない。

何とも言えない気分になる。

父親が、ついに自分の作品であるダンジョンに目を向けて行動を開始したとき、果たしてハントは何を思っていたのか。焦りか、それとも純粋な喜びか、もしくは優越感か。

「そして、モーラだけが別のことを企んでいた」

あの少女のような、陽気な女のことを思い浮かべる。

「と言っても、別にそんな妙なことを企んでいるわけじゃあない。むしろ、非常にわかりやすい話だ。今回、ベントが依頼主となって帰らずの地下迷宮に多数の凄腕の冒険者が一気に挑む。この攻略が失敗すれば、このダンジョンの恐怖や攻略の困難さはさらに強く世界に刻まれる。そして」

ぱちり、と俺は目を閉じる。喋りながら疲れてきていた。

「秘密を知っている人間は、少なければ少ないほどいい」

「モーラの目的は、秘密を守るために今回の攻略を失敗させることと、そしてその過程で秘密を知っているハントとブラドを殺すことってわけね」

ふむふむと納得した顔のキリオが、

「つまり最優先はハントとブラドの殺害だったのかな？　その二人を殺しただけで、展開によっては攻略失敗ってことで引き上げるかもしれないものね。別に全滅させる必要はないし」

「だろうな。さらに言うなら、最優先なのはブラドの方のはずだ。警戒心が強いから、察知されて逆に殺されるかもしれない。だから、一番にあいつが殺された」

ブラドも、あの鋼鉄の箱に入る際、まさか既に自分の死が確定しているとは思わなかっただろう。

「結局、三人の間で立てられた今回の攻略をどうするかという計画、そこまではわからない。適当にお茶を濁すつもりだったのか、秘密を暴露するつもりだったのか。ともかく、モーラはその計画とは別の自分だけの計画を抱いて参加していた。最初の標的はブラド。多分、ブラドの秘密を知っていたモーラは、それを利用したあの殺し方を予め（あらかじ）決めていたはずだ。不可解な死に方なら、よりダンジョンの恐怖を増加させる役に立つからな」

「今思ったけど」

ふと思いついたようにシロナが声をあげる。

「やっぱり、三人の中では、自分たち以外の少なくとも数人を殺して、今回の攻略は失敗にする予定だった気がする」

「おっ、その心は？」

意外な人物からの指摘に驚きながらも理由を訊く。

「一番最初にキャンプしたときのお鋺、一つ足りなかった。ハントが一つ少なく持ってきていた。つまり、それで大丈夫だろうと準備のときに考えていた、というのは考えすぎ？」

「なるほど」

思わず俺は唸る。

「チャンスさえあれば最初の食事の前にメンバーが減っているだろうから、ほとんど無意識のうちに食器が足りないのにそのまま出発しちゃったわけか。根拠としては弱いけど、面白いな」

「どちらにしろ、ブラドの死はハントにとっては予想外だったわけだな」

話が際限なく膨らみそうだと危惧したのか、ジンがまとめる。

「ブラドの死の後、ハントが異常なほどに動揺していた。親しかった師を殺されたためだと思っていたが」

ウォッチが顎を撫でる。

「今思えば、自分たちの陣営が殺されるという異常事態に動揺していたのか」

「当然、何が起こっているのかモーラに確認したかったはずだけど、他のメンバーの目もあるからそうはいかない。だから十階まで降りたところで、まずはメンバーを分けることにした」

「あれ、手分けって確か提案したのモーラじゃなかった？」

口に指を当て、エニが回想する。

「ああ、そこがモーラの狡猾なところでな、ハントが絶対に自分に話がしたいとわかっているから、自分から切り出してやったわけだ。それにハントが乗った」

「なるほどね」

納得したのか、エニが頷く。

「私とヴァン、ハント、モーラが上の階に戻っていくとき、ハントが全員に密談したのも今思えばモーラが目的？」

かくり、とシロナが細い首を傾げる。

「だと思う。全員と密談して、しかもそれなりに内容のあることを言っていたから騙されたけど、あれはつまりハントがモーラと密談するためのカムフラージュだ」

そして、その密談の後でさらに俺とシロナ、ハントとモーラに分かれた。俺とシロナを先に行かせて、ハントとモーラは自ら作り出した密室に閉じこもった。

「多分、モーラは惚けたんだと思う。何が起こっているのかはわからない。けど、とにかく何かまずいから、自分たちは帰還石でいったん離脱しよう。ただし、普通に消えたら怪しまれるから、何らかの演出をして。こんな感じの提案をモーラはしたんだと思う。よく考えたら矛盾だらけの提案だけど、とにかく混乱していたハントは藁にも縋る思いでそれに乗った。俺とシロナが途中で引き返してくるのは計画とは違うけど、想定外というわけでもなかった。その対策で合成壁で通せんぼしてたんだろうからね」

「本来の計画では、私とヴァンはハントの指示どおり、二人で向こう側に行くということ？」

「多分。そこで、声か何かで呼び寄せられて、あの一方通行の壁の前に行き、二人してモーラとハント死亡の証言者になる。これが本来のシナリオだったんだと思う。結局、証言者は俺一人になったけどな。あの二人は、まず合成壁で密室を作った後、一方通行の壁の出口側に血を塗りたくった。これは多分、最初から演出用ってことでモーラかハントが準備していたものだと思う。皮袋に入れるか何かしていたんだろう。それで猟奇の演出をすると共に、外から見えなくするわけだ。血に塗れて見えない空間にいきなり突っ込む奴はいないだろうからな。これで準備は完了だ。何かが起こったと知った証言者、つまり俺が血塗られた壁の向こう側に問いかけると、そこで打ち合わせどおりにハントが喋りだす。まず、俺に入ってこないように言って、そしてモーラの死、シャドウの実在、エトセトラエトセトラ。語っている途中に、予想とは違い、痺れを切らして俺が突っ込むよりも先にエニが合成壁を爆破した」

「あれ、予想外だったの？」

きょとんとしたエニに、

「だと思うよ。それよりも先に一方通行の壁から飛び込んでくるだろうから、その直前に帰還しようと待ち構えていたんじゃないか？　ところが、予想外に俺とシロナがあの疑心暗鬼の状況でも手早く役割分担してジンたちを呼びに行ったせいで、エニの爆破が早かった。慌てたんだろうな、ハントも慌てたがモーラも慌てた。何せ、まだハントを殺していないからな」

「なるほど、ひひ、えげつねえな。自分の死を語らせといてハントを殺して、それから帰還して一切俺たちの目に触れないようにすれば、完全な死人になれる。喋るだけ喋らせて殺そうって話か」

「けど、誤算があった。本当は、それこそハントを殺した後、死体を細切れにして置いておくくらいのつもりだったんだろうと思う。気分の悪い話だけど、そうすれば自分の死体も同じようになったんだと偽装できる。が、その時間が無かった。とはいえ、逆にハントの死体だけまるまる残っているのにモーラの死体だけないとなると」

「まあ、どう考えてもモーラが怪しいわな」

ジンが薄く笑う。

「それくらいならいっそ、と咄嗟に思ってモーラはハントを殺害、そしてハントの血液だけを残してハントの死体と一緒に帰還した。いわば、二人とも死体が無いバージョンだな。怪しいとは思うが、自分のだけないのよりましだ。そう思ったんだろう。ところが、あまりにもエニの爆破が予想外だったせいで、忘れ物をした」

「ハントの手ね」

思い出したのか、エニが顔をしかめる。

「殺害の途中で切断されたんだろうが、あまりにも焦っていたからハントの手を置いたままにしていた。あれで、ハントは本当に死んだみたいだと俺たちは考えて、そしてまったく死んだ痕跡すらないモーラに無意識レベルで疑いを持っていた。きっと、だからこそ俺のモーラ犯人説に皆すんなり納得したんだと思う」

「確かに、どこかでモーラの死を疑ってたってのはあるな」

ヘンヤが空にしたグラスを指で弾く。

「じゃあ、ハントの遺体は」

しわがれた声で久しぶりにベントが口を開く。

「ええ、おそらく、帰還石の近くに置かれていると思います」

とはいえ、これも完全な推測だ。実際にどうかは確認するしかない。

これから専門家のチームで穴を通って土中迷宮の入り口を探す作業が始まるらしい。なるべく早く入り口が見つかることを祈ろう。

「その後は、一方通行の壁の入り口側から、俺たちの姿を観察していたわけか」

そこでウォッチは首を捻って、

「お前に訊くのもおかしいかもしれないが、キジーツ殺害は、あれは何だ？」

「おお、それ、不思議だったんだ。そもそも、どうしてキジーツは単独行動したんだよ」

ジンも便乗する。

「さあ？」

知るわけが無い。あんな妙な男が何を考えているかなんて。

ただ、

「あの状況で単独行動しても、自分が殺されることはないって自信があったんじゃないかな」

「えっ、どうして？」

目を真ん丸にするエニに、

「考えてもみろよ。あの時点で、生き残りは全員キャンプにいて、キジーツだけがいなくなった。そこでキジーツが殺されたら、どうなる？」

「あ、そっか。犯人は今生き残りの中にはいないってことになって、疑心暗鬼の状態が解決されるんだ。あれ、でも」

「そうだ」

俺はエニの言いたいことを察知して答える。

「確かに俺たちの皆殺しが目的なら、疑心暗鬼の状態を続かせなきゃいけない。けど、そもそも犯人の目的はダンジョンの攻略を諦めさせることで、あの時点で俺たちはもう上に戻ることしか考えていなかった。だからキジーツの殺害は犯人にとって特にデメリットのあることじゃなかった。そこは読み違えたんだと思う。もっとも、逆に言うとキジーツの殺害は犯人にとってメリットのあるものでもない。だってもう攻略は失敗しているわけだし。だから、本来なら殺さなくてもよかったはずだ」

「じゃあ、どうして殺されたわけ？」

「気づいたからだろ」

キリオの質問に答えたのは俺ではなく、ジンだった。

「キジーツの奴は気づいたみたいだな、あのダンジョンの構造に。だからこそ、ナイフを逆に持った、違うか？」

「ああ、ジンの言うとおりだと思う」

刃の方を持ったナイフ、あれの解釈はシンプルで当然なものだ。

ようするに、近くにあるもので「逆」を示しただけ。

あれは、ダンジョンが逆であると、潜るダンジョンではなく、上がっていく塔のダンジョンだと示すダイイングメッセージだった。

「どういう経緯かは不明だけど、キジーツはあのダンジョンの秘密に気づいた。そして、単独行動していたキジーツを見張っていたモーラもそれに気づいた。それが、あの殺人の原因だと思う」

「モーラの奴、びっくりしただろうな、ひひ。予想外に殺さなきゃいけなくなったうえに、相手が体の中から刃物を突き出すっていうこれまた予想外の反撃してくるんだからよ。俺なら焦るしびびるね」

ヘンヤが言うが、当然だ。俺だって焦るしびびる。

「そういう意味ではキジーツに感謝しないとな。モーラがそれで動揺していたから、俺たちの芝居にあそこまでうまく引っかかってくれたのかもしれん」

「ひひひ、結局、不意打ちしたのに仕留めきれなかったあんたが言うか？」

冗談半分にヘンヤがジンに噛み付く。

そう、あの後、倒れた俺たちの生死を確認するために近づいてきたモーラに飛び起きて斬りかかったのはジンらしい。もっとも、俺は薬のおかげで意識をなくしていたので伝聞だが。

「無茶を言うな。相手はいつでも帰還できて戦線離脱できるんだぞ。一太刀浴びせただけでも上出来だろう」

自画自賛するジンに苦笑しつつ、ウォッチが俺に静かな目を向ける。

「ヴァン、一つ訊きたい」

「ん？」

「モーラの目的が攻略の失敗とあの二人の殺害にあると、そうお前は言ったな」

「ああ、うん」

「だが、今回の事件ではモーラは自分の死を偽装した。それについてはどう思う？　これでは、たとえ俺たちにモーラが犯人だと気づかれずとも、俺たちの誰かが地上に辿り着いた時点でモーラの死の情報は広まる。その状況では、もうモーラは表の世界に立つことすらできない。違うか？」

簡潔に答える。

「違わない」

「モーラが自分の死を偽装したことについては、計画のうちというより流れでしたんだと思うけど。犯人だとばれなきゃ、誘拐されて記憶が曖昧とか言って誤魔化すつもりだったのか。それとも、ブラドやハントのように名を求めるつもりは最初からなく、身を隠しながら死体漁りで贅沢な暮らしができればよかったのか。ああ、ひょっとしたら、自分を死人にした時点で、やっぱり俺たちを全滅させるつもりだったのかもしれない。それで自分が唯一の生き残りとして戻るつもりだったのが失敗したのかも」

それとも、と俺は最後の可能性を口に出さず思う。

それとも、モーラはハントと同じく、いやひょっとしたらブラドすらも同じだったのかもしれないが、ただ酔っていただけなのかもしれない。

誰も攻略できない、謎と危険に満ちた迷宮。

あらゆるダンジョンが攻略されつつあり、聖遺物も全ての国々によって厳重に管理される、そんな本当の冒険や夢が消えつつある時代に、本物の迷宮を作り出す。

自らの手で、本物の迷宮を、誰もが迷い命を奪われる迷宮を作り出すという夢に、酔っていただけなんじゃないのか。

だから、モーラは攻略を失敗させて、ブラドとハントを殺したんじゃないのか。

この謎と危険に満ちたダンジョンを、より完全なものにするために。

ふと、モーラがキャンプで語っていた言葉を思い出す。

謎は謎のままであるべきだと。御伽噺は御伽噺のままであるべきだと。

あれは、モーラの零(こぼ)れた本心だったのかもしれない。

「ベント様っ！」

俺の思考を打ち砕いたのは、突如として部屋に走りこんできたトレジャー家の執事だった。

「何事だ、騒がしい」

億劫（おっくう）そうに言うベントは、疲労の色の濃い顔をそちらに向ける。

「そっ、それがっ」

顔を強張らせた執事の後ろから、

「邪魔をする」

ぼろぼろのマントを羽織った、癖のある黒髪を無造作に肩まで伸ばしたひげ面の男が入ってくる。

「お前は」

ジンの顔が歪む。

「ジン、久しぶりだ。他の皆様は初めまして」

そして、その中年の男は自己紹介をする。

「俺の名はジャンゴ。『荒野のジャンゴ』と呼ばれている」

エピローグ

ジンの一撃を受けた肩の傷は、回復薬では完全に治すことができなかった。

いずれ、もぐりの医術師にでも見せて回復させなければいけない。だが、それは後の話だ。

まずは、この国から離れなければ。

モーラはマントとフードで全身を隠すようにしながら、必死で山中を歩き続けている。

終わりだ。

モーラの脳裏をよぎるのはそれだけだった。

自分の死を偽装する流れになったときは、そうするならば彼らを全員殺すべきだとはわかっていた。だが、はっきり言って冒険者という裏と表の社会を行き来するような職業をしているモーラにとって、裏に潜ることなど大したこととは思えなかった。

だから、攻略が中止になればそれでいいと思っていた。そう、自分が死人だと思われるだけなら、それでよかった。

名だたる冒険者たちが挑戦してもやはり攻略できなかった、帰らずの地下迷宮。以前生き延びたブラドさえ死んだ。そんな風に誰もがあのダンジョンを恐れればいいと思っていた。

ハントとブラドが死ねば、あのダンジョンをこれからどう育てていくかを自分だけで決められる。そう、自分だけの手で、歴史に残る、誰も攻略することのできない、死と謎のダンジョンを作り出すことができる。

そのはずだったのに。

歯軋りしながら、モーラはふと自分のそんな感情を不思議に思う。

「妙なものね」

呟く。

本当にそうしたいのならば、最初にあのダンジョンの秘密をただ一人発見したときに、自分一人でそうしておけばよかったのだ。

だがしなかった。あのときは、そんな考えは毛頭なかった。

どうにかその秘密で金を得ることはできないか。

それだけが頭にあった。

そうしてハントとブラドと手を組み、冒険者を殺し、死体を漁り、ダンジョンを宣伝してやる。

最初はそれで全てだったはずだ。

いつしか、そのダンジョンが恐怖と興味に塗れて人の噂話にのぼるようになっていき、モーラはそのときに不思議な気持ちを感じた。

そのダンジョン、この世のどこにもない、何も知らない人々の想像の中だけにある、現実のものとは違う、世界一難易度が高く誰も攻略できない謎の地下迷宮は、自分が作ったのだという不思議な快感。

それが、時と共にどんどんと大きくなっていった。

あの二人を殺してしまうほどに。

「いや」

モーラは思い直す。

別に、そこまで自分はおかしくなっているわけではない。

ハントはどこか浮き世離れしているところがあって、ふらりと自分たちの悪行を白状しそうなところがあったし、ブラドは逆に猜疑心が強すぎてこちらが殺されそうだし得体の知れない不気味さもあった。

あの二人を殺したのは、自分の身を守るためだ。

夜の山中を早足で歩きながら、モーラは自分に言い聞かせる。

「ぐっ」

ジンに斬られた肩の傷が不意に痛んで、思わず声を漏らす。

あれは不覚だった。

モーラは今更どうしようもないとわかっていながら後悔する。

そう、芝居だったのだろう、全てが。今ならわかる。

だが、あのときはそこまで頭が回らなかった。あの男のせいだ。

得体の知れなかった探偵、キジーツのことを思い出してモーラは歯噛(はが)みする。

突然一人で行動して、迷宮を歩き回った挙句、アイテムを集め始めた。

最初は何をしているのかわからなかったが、アイテムを手に入れるというより、出たアイテムを確認するのを繰り返すようなしぐさを見て、ようやく気づいた。

あの男は、ダンジョンの秘密について勘付いている。あれは、上の階で手に入るアイテムよりも上等なアイテムが出ないかどうかを試しているのだ。

そう気づいたモーラは、キジーツに襲い掛かるしかなかった。

おまけに、致命傷を受けた後のキジーツの反撃。

全身から武器を突き出したときのことを考えると、今でもモーラは鳥肌が立った。あの瞬間、必死で悲鳴を抑えたものだ。

結局、こちらが傷を負うことはなく、キジーツを殺すことはできたが、あの一件で自分の中の歯車がずれた感は否めない。

「くそっ」

誰に向けたものでもない悪態を吐き出す。

これで終わりだ。

あのダンジョンも、単なる犯罪に利用された少し珍しい構造のダンジョンに成り果てる。危険と謎に満ちた迷宮は、ついに消え失せてしまった。

そのことにとてつもない喪失感を覚えている自分自身にモーラは戸惑う。

ともかく、自分はもはや死人ではなく犯人だ。

トレジャー家の令息を殺した自分を、ペースの有力者たちはこぞって捕らえようとするだろう。

もうこの国にはいられない。

「ああ、いたいた」

機械的に足を動かしながら思考に没頭していたが、不意に聞こえてきた乾いた若い女の声にびくりとモーラは動きを止める。

夜の山中に、女？

自身も女であることは棚に上げて、モーラは警戒する。

「モーラでしょ、あなた」

今度こそ愕然となり、モーラは瞬時に身構える。

この状況で自分の名を知っている、イコール敵とみなして構わないはずだ。

やがて、暗い木々の間から現れたのは、まだ若い女だった。

銀の髪と瞳をしたその人形のような美貌の女は、白衣に身を包んでいた。いや、もう白衣ではない。それは、全面的についている明らかに血が飛び散り乾いた跡によって、赤黒くまだらに染まっている。

「ああ、間違いない、反応してる」

そう言う女の手には、コンパスのようなものが握られている。

「……人違いじゃない？」

「あはは」

人形のような顔をほとんど動かすことなく女は笑い声をあげて、

「聖遺物が人違いをするって言うの？」

「聖遺物？」

「そう、この羅針盤はね、持ち主を殺した人間を示す聖遺物。私の師匠が、昔ダンジョンで手に入れて、ずっと隠匿してるの。ひどいわよね。これ、国に訴えたら処刑ものよね」

平然と言う女にモーラは不気味さを感じつつ、いつでも襲いかかれるように体の重心を落とす。

「師匠って？」

頭がおかしいのかわからないが、ともかくこの女は危険だ。

話を続けて、隙を作ったら即殺す。

「ジャンゴ。ああ、自己紹介がまだだったっけ、私は『殺戮』とか物騒な通り名で呼ばれてるけど、失礼よね」

こいつが、あの「殺戮」？　荒野のジャンゴの三人の弟子の一人。

どうして、いや、だとすると、予想されるあの羅針盤の持ち主は。

モーラの頭の中で思考が交差する。

「昔、研究用に死刑囚を十数人借りて、それを全員狂死させたことはあるけど、それだけで殺戮って二つ名はひどいと思わない？　風評被害って意味では、キジーツが一番気の毒だけど」

その名前に、やはりとモーラは納得する。

「同門の仇討ちってわけね」

「キジーツなんて、本当は誰も殺したことがないのに皆殺しなんて呼ばれてるからかわいそうね。まあ、皆殺しなんてセンセーショナルな噂を流しているのは、私たちなんだけど」

モーラの発言を一切無視する女。

もういい、殺す。

そう決心したモーラがついに一歩踏み出そうとしたその瞬間。

「はっ⁉」

首筋に熱。

動物的な反射神経でその場から飛び跳ねて女からも距離をとりつつ、さっきまで自分のいた位置を振り返る。

そこには、不機嫌そうな少年が立っていた。

まったく気配を感じさせなかった凄腕のアサシンのような技量を持つ割には、ごく平凡な、平凡すぎる少年だった。

「まったく、こんなことのために駆り出されるとは」

「悪いわね、『無手』。けど、凄腕の冒険者相手だから、私だけだと不安なのよ」

喋って意識を引きつけているうちに、あの少年が背後に回って攻撃。

最初からそういう作戦か。

モーラは舌打ちしながら熱を感じた首筋に手をやる。

「それで、ちゃんと打ち込んでくれた？」

「ああ、首筋にお前の特製のを塗った針だろ。確かに打ち込んだ」

じゃあな、と少年は背を向けて去っていく。

「こっ」

これはなんだ、と文句を言おうとした。おそらくは神か何かに。

だがそれよりも早く、瞬間的にモーラの全身に痺れが広がった。

「少量でも、あれを首に打たれたらもう動けないでしょう」

女の言葉どおり、全身を震わせながらその場に倒れることしかモーラはできなかった。

視界も暗くなっていく。意識が遠のいていく。

その中で、不思議と女の声だけがやけにはっきり響く。

「さっきの話の続きだけど、キジーッの手品の種がばれるとまずいから、それで派手な噂で上書きしてるわけ。何度も死んでるってばれたらまずいもの。皆殺しなんて派手で残酷な話、皆大好きでしょ」

くすくすと笑う女の顔はやはりほとんど動いていない。

「キジーッはね、自ら犯人に殺されやすいシチュエーションに持っていくの。それで、殺された後でこの羅針盤で私たちが犯人を確定する。どう、手っ取り早いし確実でしょ？」

女は手に持っていた羅針盤を懐に収める。

モーラの意識は既に消えかけている。

「ちなみに、プログラミングは私がしたの。結構大変だったんだけど、最近は慣れてきたわ。あなたが殺したので六代目だから。もう、手早く製造するこつは摑めてる」

優しく、女は動けないモーラを担ぐ。

「今回はベント・トレジャーなんて大物が絡んでいたから、わざわざ師匠が話をつけに行ったんだけど、うまくいったんですって」

子守唄でも歌うように女が言う。

「キジーッが犯人を一般市民ごと殺したって噂を流すことへの協力も、あなたを私が自由にすることについても、ベントはもちろんその場にいた全員から承諾を得ることができたわ。あなたを絶対に捕まえるというのと交換条件でね」

女はぐったりとしたモーラを担いだまま歩き出す。

「楽しみだわ。あなたが殺したキジーッは元がただの山賊だから、正直なところあまりうまくできなかったんだけど、あなたは素材がいいわ。多分歴代で最高に。きっといいキジーッになるわ」

くすくす笑いが夜の山に響く。

「そうだ、あれ格好よかったでしょう、体の中に武器を埋め込むの。あれ、あなたにもしてあげるわ。四代目から始めたんだけど、私も気に入ってるの。さあ、じゃあ、まずは私の研究室に行くわよ。あなたを拘束して、夢から覚めるのを待って。それから、あなたをキジーッにしてあげる。心配しないで。最初に苦痛で人格を崩壊させるところから始めなきゃいけないけれど、もう慣れているから、ナイフとピンセット、それに尖った鉄の棒と薬品類さえあれば多分三日間で壊せるわ。それからじっくりと、体を改造して頭も改造してあげる。キジーツにしてあげるわ、モーラ」

やはり表情を変えないまま声だけは嬉しそうに女は言って、そして女と担がれたモーラは夜の山の闇に消えていく。

片里 鴎（かたざと・かもめ）

広島県出身、在住。2012年から小説投稿サイト「小説家になろう」に投稿開始。代表作に『ペテン師は静かに眠りたい』（プライムノベルス、ヒーロー文庫）。

レジェンドノベルス
エクステンド
EXTEND

異世界の名探偵
2
帰らずの地下迷宮

2020年3月5日 第1刷発行

［著者］ 片里 鴎
［装画］ 六七質
［装幀］ 坂野公一（welle design）

［発行者］ 渡瀬昌彦
［発行所］ 株式会社 講談社
〒112-8001 東京都文京区音羽2-12-21
電話 ［出版］03-5395-3433
［販売］03-5395-5817
［業務］03-5395-3615

［本文データ制作］ 講談社デジタル製作
［印刷所］ 凸版印刷 株式会社
［製本所］ 株式会社 若林製本工場

N.D.C.913 271p 20cm ISBN 978-4-06-519135-4